長編小説

泳げ、唐獅子牡丹

菊池幸見

祥伝社文庫

目次

プロローグ

照明が半分落とされた薄暗いプールに、白い軌跡《きせき》ができていた。軌跡を作りだしているものは、踊るように水を駆ける唐獅子《からじし》だ。いや、よく見るとそれは男の背に刻まれた刺青《いれずみ》であることに気づく。唐獅子のまわりには二輪の真っ赤な牡丹《ぼたん》の花。

男はただ黙々と泳いでいる。伸ばした腕が何かを求め、何かを欲しているかのように水を摑《つか》む。腕の付け根の僧帽筋《そうぼうきん》は熱を持って盛り上がり、上腕三頭筋から手首までのラインは、しなる鞭《むち》のような動きを見せている。水を蹴《け》る足は、モーターボートのスクリューのような流れを作りだしていた。

男は100メートルを泳ぎきると、即座に壁の競技用デジタル時計に目をやった。示された数字からスタート時の時間を引いてタイムを算出すると、深い落胆のため息を漏らした。想定したタイムにははるかに及ばなかったのだ。

突然プールサイドに人の気配がして、男は慌《あわ》てて肩まで水に浸《つ》かった。まだ入って間もない若い女性従業員が、モップを持って走って行く。この時間は立入禁止という専務からの指示が徹底されていないらしい。その従業員は男と目が合うと、ペコリと頭を下げて通り過ぎて行った。

おおかた金持ちが、金にものを言わせてプールを貸し切りにしている。その程度の認識しか従業員にはないはずだ。それが男にとっては好都合だった。男は昔から、努力している姿を人に見られるのが嫌いだったのだ。

一人きりになったプールで、男は再びタイムアタックを始めた。片面ガラス窓の向こうには、白く冴《さ》え冴《ざ》えとした満月が浮かんでいる。その月の光を浴び、口を開けて赤い舌をのぞかせた唐獅子が、水の上を跳ねるように疾駆《しっく》して行った。

男の頭の中に想定されたタイムは50秒45。それは現在の100メートル自由形の日本記録だった。

二十八歳という年齢が、記録に挑む資格として相応《ふさわ》しいかどうかはわからない。おそらく水泳関係者ならこう言うだろう。ピークは過ぎた、と。

しかし男は決して自分の肉体が衰《おとろ》えたとは思っていなかった。だからこそ挑み続けている。

そして誰もいないこの夜のプールで、いつの日か記録を破る日を夢見ていた。

1章

1

　美咲《みさき》は聡明な子であった。だから自分の家がチエちゃんやショウタくんの家とはどこかしら違うことに、齢《よわい》五歳の幼稚園児でありながら気づきだしていた。

　パパの裕次郎《ゆうじろう》は二十八歳の若さで会社の社長である。今風にいえばバリバリの青年実業家であり、細面の甘いジャニーズ系のマスクは年齢をさらに若く感じさせた。運動会のおんぶレースでは、よそのお母さんたちが桃色のため息をついて見つめているのを背中で感じ取れたほどだ。つまり美咲にとって裕次郎は、とりあえず自慢のパパなのである。

　ママの恭子《きょうこ》は、裕次郎よりも二つ年上の三十歳だが、すでに大学の助教授である。テレビの化粧品のコマーシャルに出てくる宝塚《たからづか》出身の女優さんによく似ていると、美咲はかねてより思っていた。女優に似ているということは美人ということなのだと、最近わかりかけてきた世の中の美的基準に照らし合わせて理解するようになった。ワンレングスの髪を掻《か》き上げ、専門書を調べている時の姿に美咲は素直に憧《あこが》れていた。

よそ様から見れば、人も羨《うらや》むような家族のはずである。だが、しかし、どこかおかしいと聡明なる美咲は全身の皮膚で感じとっていた。

エレベーターが静かに開くと、黒いコートを着た男がフロアに一歩踏み出した。髪形はオールバック。サングラスをかけてはいるが、端正な顔だちは窺《うかが》い知れる。男は立ち止まり、サングラス越しに辺りを一瞥《いちべつ》した。

「社長、おはようございます」

次々と浴びせられる女性社員らの挨拶《あいさつ》を受け流すかのように、男は右手を軽く上げた。エレベーターからスルリと抜け出した小柄な若者が、男のコートを両手で受け取る。すぐに席を立って駆け寄ったのは、イガグリ頭の大男だった。歳の頃は四十代後半。鼻がつぶれたように平べったく、後頭部には白いものが目立ちだしている。大男は腰を折るようにして男に耳打ちした。

「その件だったら源《げん》さん、いや総務部長にまかせる」

「わかりやした。では予定どおりに進めます。あと」

最後まで聞かずに男は歩きだした。コートを持った若者は、慌ててその後を追う。大男は長くゴッゴツした手を伸ばして若者の肩を摑み、耳元で何事か告げた。男は振り向きもしない。足早に靴音を響かせ、フロアの一番奥にある社長室に入って行った。

男は社長室の黒革張りのソファーに、深々と腰を下ろした。

男の名は黒沢《くろさわ》裕次郎。美咲のパパである。身の丈176センチ、体重70キロ。体格が大リーグで活躍中のイチローと同じだというのが、密《ひそ》かな自慢でもあった。

まだ若いが、これでも有限会社不来方《こずかた》レジャー産業の社長だ。主な業務内容は風俗店、飲食店の経営とゲーム機械のリース。これだけで勘のよい人はピンとくるかもしれない。そのとおり。実はヤクザなのである。しかし時節がら、そのままでは暮らしにくくなっている。そこでこの業界では、表向き会社組織にする傾向が強くなっているのだ。ヤクザ以外のカタギの社員を採用し、それを盾《たて》として市民からの視線を遮《さえぎ》るのである。ただ不来方レジャー産業の場合はそれが極端で、社員の実に九割はカタギである。三十人いる社員のうちで、ヤクザは裕次郎と見習いのヒロシ、それに総務部長の源太のたった三人しかいない。

それでも裏社会での呼び名はある。『黒沢組直系不来方組初代組長』というのが肩書だった。上部組織の黒沢組総長は妻の祖父、黒沢市太郎《いちたろう》である。

ひょんなことから黒沢家に婿入りした裕次郎は、またひょんなことから半年前に独立して組をまかされることとなったのだ。

裕次郎は遅れて部屋に入ってきた若者を睨《にら》み付けた。

「ヒロシ。朝から小言は言いたくねぇから車の中じゃ黙ってたが、やはりお前のためにならねぇから言う。いいか。仕事の時はちゃんとネクタイを締めろって、お前何度言ったらわかるんだ」

ヒロシと呼ばれた若者は、八の字眉毛《まゆげ》を寄せて首をすくめた。ヒロシは腕の部分が白い革で、身頃が緑色のスタジアムジャンパーを着ている。背中には龍の刺繍《ししゅう》が入っていた。

「スンマセン。どうしてもオレ、ネクタイが苦手で。締めると苦しくなっちゃって、失神しそうになるんす。出掛ける時には着替えますから。ちゃんと会社のロッカーに入れてますし」

「着替えるって。悠長なこと言ってんじゃねぇ。殴り込みかけられても、お前は着替えてから応戦するってのか」

「いや、ケースバイケースっす」

ヒロシは意味もなく胸を張った。

「なにがケースバイケースだ。横文字使えばいいってもんじゃねぇぞ。で、総務部長、なんだって？」

裕次郎はスプリングが心地よく効いた椅子《いす》から立ち上がった。

「へい。先ほど中村《なかむら》さんからお電話があって、相談に乗ってほしいことがあるんで、これから伺《うかが》うという話です」

「中村が、相談事。まさか金の話じゃねぇだろうな。金貸しはとっくにやめたってことは知ってるはずだし」

「それは違うと思います。昨日も退社前に一度電話あったんすけど、そんな感じじゃなかったっすから」

「なに、なんで電話を繋《つな》がなかったんだ。俺が在室中ってのは、わかってたろう」

「へい。でもちらっと覗《のぞ》いたら大切な読書の時間のようでしたので、邪魔しちゃいけねぇと思いまして」

ヒロシはそう言って視線を落とした。黒く重厚な机の上には、実話系週刊誌のヌード・グラビアが、手押しした形で開かれたままだった。

「バカヤロー、変な気を使うんじゃねぇ。まったくよ。お前と違って、この程度の週刊誌なんて、どうってことねぇんだ。俺にとって大事な読書の時間てのはよぉ、たとえば女房に読めって渡された『世界格言辞典』とか『サムエル・ウルマン詩集』とかを読んでる時のことなんだよ。知ってるか『名言集および格言集は、社会人にとってもっとも賢い友人である』って名言。ゲーテだぜ、ゲーテ。これが女房の口癖なんだからよ。覚えて帰らねぇと怒られるんだぜ」

「姉《あね》さんて普段は優しくて美人だけど、怒るとメチャクチャ怖いっすもんねぇ」

「おぅ、この間なんてよ、風呂上がりにハエタタキで、って何言わすんだ。バカ」

ヒロシの額を一発張り倒して、裕次郎は窓辺に立った。

五階建て自社ビルの最上階の窓辺に立ち、まだ白く覆われた霊峰岩手《いわて》山をサングラス越しに眺めながら、裕次郎はキャスターをくわえた。すかさずヒロシはゴジラ形の卓上ライターを手にして火をつける。一息吸い込んで吐き出した煙が、分厚い防弾サッシに当たって這《は》うように四方に散った。

眼下には大河北上《きたかみ》川が勢いよく流れている。山の雪解け水を少しずつはらんで、水かさが増しているのだ。

三月とはいえ、みちのくの春はまだ浅い。イタヤカエデやケヤキの街路樹の足元には、埃《ほこり》を吸った黒い雪の塊《かたまり》がゴロゴロとしていた。それでも川沿いの花壇では、地元婦人会が秋に植えたチューリップのうち、気の早いやつがいくつか咲き出している。花壇と花壇の間に聳《そび》える一本の木の先にも黄金色の花が咲いているのが見えた。マンサクである。春に先駆けて、まず咲くという意味でついた名前だという。

マンサクの木の傍《そば》に設置された鉄製のベンチには、冬の間家に籠《こ》もっていた老人たちの姿があった。ラクダ色やカーキ色の今流行《はや》りのフリースを身にまとって、世間話に花を咲かせている。風はまだ冷たいが、久しぶりに見るのどかな光景だった。

そののどかな光景をぶち破るがごとく、一陣の風となって走ってくる男がいた。いや一陣の風とは譬《たと》えがよすぎる。正確に描写するならば、手足をバタバタとさせ、溺《おぼ》れている案山子《かかし》だ。それがベンチの横を、大きなバッグを背負って駆けてくるのだ。見慣れた黄色いカッパのジャージ姿から、遠目にでもそれが親友の中村富夫《とみお》であることがわかった。

「朋《とも》有り遠方より来る。また楽しからずや」

裕次郎は孔子《こうし》の名言を呟《つぶや》いた。

中村は夕顔瀬《ゆうがおせ》スイミングクラブの専務だ。経営者は父親だが、すでに実質的な経営者であり、当然未来の社長である。

中村との付き合いは長い。小学校時代は好きになった女の子を取り合った仲だ。結局その恋の戦いは、女の子の転校でドローに終わった。

中学に入ってからは共に水泳部の選手として活躍した。400メートルリレーで第三泳者の中村は、いつも追いつかれるか逆転されてからアンカーの裕次郎にタッチした。もっとも裕次郎は、ここが男の見せ所とばかりに再逆転して、常にチームを優勝に導いた。そして高校に入ってからは……そこで裕次郎は追憶を止め、深々と煙を吐き出した。

背負っていたアディダスの黒い胴長スポーツ・バッグを下ろして、中村は正面のソファーに深々と身を沈めた。180センチを超える長身だが、髪の毛が薄いせいで二十八歳にしてはいささか老けて見える。おまけによっぽど急いで来たのか、背中が丸まっていて息も荒かった。

「どうした、トミー」

反射的に中村は跳ね起きた。

「やめろよ裕ちゃん、その呼び名は」

「いいじゃねぇか。いかにもバンドっぽくってよ」

「いいよ、昔の話は」

そう昔の話だ。中学から高校にかけて、二人は他の同級生らとバンドを作って活動していた。バンド名はモメにモメてなかなか決まらず、たまたまメンバーの一人の歳の離れた弟がつけていたオムツから『パンパース』と命名された。人は生まれてまずオムツの世話になり、死ぬ時もまたオムツの世話になるという哲学的な命名だったが、メンバー以外はコミック・バンドだと思っていたようだ。ＲＣサクセションのコピーが中心で、もっぱら舞台は文化祭が中心だったが、その時の中村の呼び名がトミーだったのだ。

　中村はいきなり目の前のテーブルに手をついて頭を下げた。

「裕ちゃん、お願いだ。泳いでちょうだい」

「へっ」

　裕次郎は話が見えず、口をポカンと開けた。

「だから泳いでくれって」

「なーに言ってんだ。泳いでるだろう、月・水・金とお前ん所のプールで。塩素がきつくて、ゴーグルつけてても目がショボショボしてくるのによ。我慢してるんだぜ、親友の所のプールだと思ってよ。しかも高額な特別会員料金だって払ってるぞ。不景気なこの御時世、会員数が頭打ちだってボヤいていたお前にとっちゃあ、福の神みてぇな存在じゃねぇか。それに他の客の迷惑にならないようにって、ちゃんと営業時間終了してから泳いでいるだろう」

「そのことは感謝してるよ。いや、そうじゃなくてさ」

　じれったそうに中村は頭を振った。

「そうじゃなくって、大会に出てほしいんだよ」

「えーっ、何言ってんだお前」

裕次郎はキャスターを一本取り出した。当然のごとくヒロシのライターを持った手が伸びてくる。突然耳に飛び込んできた大会という響きが、裕次郎には無性に懐かしかった。懐かしさを通り越して、郷愁《きょうしゅう》のようなものさえ感じていた。だからくわえた煙草が上下に小刻みに震え、ヒロシはなかなか火をつけられずにいた。やっと火をつけ、煙を吐き出しながら裕次郎は結論を急いだ。

「ということは何だ。俺に競技に出ろ、しかも勝てっていうことか」

「その通り。みなまで言わずとも、勝てってところまで導き出すなんて、さすがは裕ちゃん、頭の回転が速い。ヤクザにしとくのはもったいないくらい」

「バーカ、何も出ねぇぞ。バブルがはじけて以来、ヤクザだって頭が勝負の時代に入ったんだ。カタギのオメェにはわからんだろうが、シノギを続けるのだって知恵が左右する時代なんだぜ。暴対法施行以来、時代の流れについていけずに潰《つぶ》れた組がどれだけあると思ってんだ。俺だって組員、いや社員の生活の面倒を見なきゃならねぇ立場だ。それくらいの頭はあるぜ。んっ、で、何で競技に出にゃならねぇんだ。説明しろ」

「うん」

中村はひとしきり髪を掻きむしった後、覚悟を決めたように口を開いた。

「実は今度、盛岡《もりおか》に四つあるスイミングクラブやフィットネスクラブのスイミング部門で対抗戦をやることになったんだ」

「ほぉ。それで」

「本当は僕だって裕ちゃんの手を煩《わずら》わせずに勝負がしたいさ。でもコマが足りないんだ。親善試合的要素の強い男女各種目はいいとして、問題は100×4のリレーなんだ。この種目だけは各クラブともいい選手並べて優劣つけようや、なんて言いだしてきたクラブがあってさ。まいったよ。ウチにも何人かはいい選手がいるけど、そのうちの一人が急に他のクラブに移っちゃったし、もう一人は人事異動で埼玉に行くことが決まっちゃって。もう僕、パニック状態なんだよ」

「ふーん、で、俺の力を借りたいってか」

「そのとおり。頼むよ、裕ちゃん」

中村は再び頭を下げた。

「トミー。お前が出ればいいじゃねぇか。お前だって競技経験者だろ。なんたってお前んち、古式泳法の宗家だしよ。おっ、そろそろ襲名披露するんじゃねぇの」

「ううっ」

中村は呻《うめ》いて唇を咬《か》んだ。たちまち眉間《みけん》には皺《しわ》がよった。たしかに中村の家は、南部《なんぶ》藩お抱えの古式泳法岩鷲《がんじゅ》流の宗家だ。しかしそれは泳ぐというよりも、浮遊する技術に重点を置いた流派なのだ。裕次郎はそれがいまだにわかっていない。

「裕ちゃん覚えてないか。小学校のプール開きになると、必ずうちの爺《じい》ちゃんがやってきて公開演武してたの」

「ああ、覚えてるぜ。水に浮きながら刀を振り回したり、立ち泳ぎしながらお膳《ぜん》を運んだりしてたっけな」

「それそれ」

「あと、足の指に日の丸の扇子《せんす》挟んでクルクル回ったり」

「そうそう」

「甲冑《かっちゅう》着て泳いだりもしてたっけぞ」

「あれは死んだ爺ちゃんの得意技だった。調子に乗って市内のプール開き掛け持ちで回って、一度溺れて死にかけたけどね、ってそれはおいといて」

中村は姿勢を正した。

「つまり、僕もそういうのは得意なんだ。だけどスピードを競う泳ぎとなると、話は別なんだよ。わかるだろう。言いたかないけど昔一緒に競技やってて、いつも足を引っ張ってたのは僕だったじゃないか」

「うーむ。でもお前、水泳推薦で東京体育大学に入ったんじゃなかったのか」

「あれは」

「あれは、なんだよ」

中村は口ごもった。

「あれって、水球部への推薦だったんだ」

「えーっ、水球部」

「何時間でも浮いていられるから、ゴールキーパーにって」

「初耳だぞ」

「だって別に説明するほどのことじゃないし。それに裕ちゃんだって聞かなかったし」

「じゃあ何か。お前わざわざ東京の大学に行って、足の指に扇子挟んで浮いてたのか」

「そんなわけないでしょう。我が東体大水球部といえば、当時連戦連勝で記録的強さだったんだから」

「聞いたことあるぜ。三百何十連勝かしたって」

「歴史に残る大記録、三百七十六連勝。へへっ、そのゴールを一時期守っていたのは、この中村富夫様だい」

急に中村は強気になった。頭の位置が確実に高い。

「うーむ。で、お前勝ちてぇのか」

「当たり前でしょう。スイミングクラブ乱立時代なんだから、これは生き残り競争でもあるんだ」

「ふーん。親友の頼みだから協力するのはやぶさかではねぇが、なんたってカタギの皆さんの戯れに、ヤクザがシャシャリ出るってのはなぁ」

裕次郎は腕組みした。なんとかうまく断ろうと考えていたのだ。だが心の奥底で競技者魂がかすかに燃えだしたのにも気づいていた。塩素の匂《にお》いのするプールで、無心に泳いでいた日々が懐かしい。かつては次々に記録を塗り替え、東北に敵なしと言われ『みちのくのトビウオ』と称された存在だった。不幸な事件さえ起きなければ、オリンピックに出場していたかもしれなかったのだ。

だが裕次郎は自分が歩んできた半生を、決して悔やんでいるわけではなかった。今の適度に刺激のある生活も、けっこう気に入っていた。それになによりあの事件がなければ、愛妻の恭子と出会うこともなかったのだ。

そうは思っても体は素直だ。水を意識しただけで、筋肉がジワジワと蠢《うごめ》きだす感じが込み上げてきていた。水の中で感じる緊張感とリラックス。水をかき、キックし、抵抗する水さえ手なずけたあの頃。水飛沫《しぶき》や気泡とも会話した。何よりも心を躍らせたのは、降り注ぐ太陽と大歓声。

「んっ」

追憶の途中で裕次郎は声を発し、首をひねった。今だって月・水・金と夕顔瀬スイミングクラブのプールで泳いでいる。それくらい水泳は好きだし、緊張感やリラックスも手に入れていた。抵抗する水さえねじ伏せて友達にしていた。昨日だって水飛沫や気泡と会話もした。なのに物足りなさを感じていたのは、そういうことだったのかとハタと気づいた。

「降り注ぐ太陽と大歓声、だったんだ」

「えっ、何。どういうこと」

裕次郎は答えず、一人頷《うなず》いた。

大歓声は別に関係ない。降り注ぐ太陽が問題だった。裕次郎は、もう何年も太陽の下で泳いでいなかった。営業時間を終えて明かりを半分ほど落としたプールで、人目を避け一人黙々と泳いできたのだ。それはなぜか。ズバリ、背中の刺青のせいだった。

二十二歳で背中に唐獅子牡丹の刺青を彫って以来、人前で泳ぐのをやめた。市民プールやサウナの入り口に貼《は》られている『刺青、サングラスの方お断り』の注意書きに神経を逆《さか》撫《な》でされたこともあったが、カタギ衆と余計なトラブルを起こしても馬鹿らしいので我慢してきた。この刺青があるかぎり、人前で泳ぐことなどできないのだ。自分自身は刺青を入れたことを後悔しているわけではないし、人目を気にしているわけでもない。ただ周りへの配慮、気配りだった。断るに足る正当な理由を見つけ、裕次郎は自嘲《じちょう》気味に笑った。

「何笑ってるんだよ。思い出し笑いか」

「そんなんじゃねぇよ」

裕次郎はまた煙草をくわえた。すかさずヒロシがライターで火をつける。今度は一発でついた。

裕次郎は長々と、実に長々と煙を吐いた。それはまるで煙と一緒に何かを吐き出してでもいるかのようだった。

「他でもねぇ、親友のお前の頼みだ。きいてやらなきゃ男がすたるってもんだがよぉ、これぱっかりはなぁ。ほら、俺は大きな問題を抱えちまってるからよ。わかるだろう」

「大きな問題って、なんのこと」

「みなまで言わせるのかよ。まぁいいか、トミーだし。へっ、俺の背中にゃ刺青があるだろう。これじゃ、人前にゃ出られねぇぜ。わかるだろ」

このセリフで簡単に諦《あきら》めるであろうと踏んでいた裕次郎は、中村の待ってましたとばかりの笑みに当惑した。

「そう来たか。やっぱりね。来たかチョーさん、待ってたホイときたもんだ」

「トミー、俺の言ったことわかってんのか」

「そう言うだろうとシュミレーションしてきた」

「それを言うならシミュレーションだろう」

「どっちでもいいよ」

そう言うと中村は足元に置いたアディダスの胴長スポーツ・バッグのファスナーを開けて、中から黒い塊を引っ張りだした。

「ジャジャーン」

中村が立ち上がると、その塊の全貌《ぜんぼう》が提示された。

「なんだ、それ」

中村が持っていたのは、人の形をした黒い脱《ぬ》け殻のようなものだった。頭の部分はなくて、首からくるぶしまで覆うものだ。ダイビングに使うウエットスーツかと裕次郎は思った。

「俺に潜れって言うのか」

その言葉に中村は勝ち誇った笑いを返した。

「控えおろう」

時代劇でよく聞く決めゼリフにヤクザは弱い。すんでのところで裕次郎は土下座をとどまった。ヒロシは厚手のカーペットの上で平伏していた。ヒロシは若いくせに『水戸黄門』の大ファンだった。中村の芝居口調は続いた。

「これにおわすスイミングスーツをなんと心得る。先の世界大会で新記録を打ち立てたオーストラリアのイアン・ソープ様が身につけしものと同タイプのスイミングスーツなるぞ。ええぃ、者ども頭《ず》が高ーい」

「ははーっ」

水泳界の神とも崇《あが》め奉られているイアン・ソープの名を出されては、さすがの裕次郎も恐れおののいた。おののきすぎて額をテーブルにぶつけてしまった。

「ということは何か、それをイアン・ソープが身につけて泳いだのか」

「違ーう。あくまでイアン・ソープモデルであーる」

中村の口調は、ほとんどアジ演説と化していた。

「なーんだ、イアン・ソープが着たものかと思ったら違うのか。おいヒロシ、頭を上げろよ、バッタモンだぜ」

「バッタモンだってぇー、この罰当たりがぁ」

中村は顔を真っ赤にした。

「だってそうだろう。本人が着たのだったら価値があるだろうが、そうじゃねぇんだもんなぁ。サインでも書いてたら、オークションで高く売る手もあったのによ」

「バカ者。イアン・ソープが身につけているのと、まったく同じ素材なんだから。誰のために調達したと思ってるんだ。大学時代のコネを使って四方八方手を尽くして、裕ちゃんのためにやっとの思いで手に入れたってのに。見損なった」

中村は悔しそうにうつむいた。

「俺のために」

やっと裕次郎は事の意味を知った。

「ということは、俺にそのイアン・ソープモデルの水着を着て泳げってか」

「そうだよ」

中村はスイミングスーツを裕次郎に突き出した。その目は微《かす》かに潤《うる》んでいた。

「ポリエステルとポリウレタンを伸ばして開発された特殊なストレッチ素材でできてるんだ。これを着て筋肉を適度に加圧することで、運動による筋肉の振動を制御することができるらしい。さらには神経が活性化されるため、ストロークのような繰り返し運動の正確性を向上させる効果があるんだってさ。でもそんなことはどうでもいいんだ。なんたって全身を覆い隠すボディースーツ型水着だろう。これなら刺青だって隠せるから、裕ちゃんも気にならないだろうと思って」

「トミー。お前ってやつは」

男の友情を突きつけられ、思わず裕次郎は鼻の奥がツーンとした。裕次郎はその友情の形を両手でたしかに受け取った。

それは思いのほか軽く、薄っぺらな蛇《へび》の脱け殻のようなものだ。黒くてツルツルした素材に思えたが、表面に触れるとザラザラした感触があった。裕次郎はかつてこの水着を取り上げて特集を組んだテレビ番組を思い出した。

世界に名だたるアディダス社が、イアン・ソープという一人の天才のためだけに開発したスイミングスーツ。エネルギーのロスを最小限に抑えたウェアだ。番組で開発者はこう説明していた。『陸上競技で100メートルを10秒で走る選手が、非効率な動きで仮に5パーセントのエネルギーをロスしているとします。それを3パーセントに削減できれば、2パーセントのパフォーマンスが向上します。タイムにすると0秒02ですが、これはオリンピックでメダルを獲得するかどうかの大きな差になります』と。そして秘密はこのザラザラした表面にある。リブレットという細かい突起で覆われているのだ。これにより体の表面の構造を変えて、抵抗を減らしているという。

　裕次郎は感激に打ち震えた。水泳にはまったく興味のないヒロシも、イアン・ソープと聞いて覗《のぞ》き込んできた。いやもっともヒロシのことだから、ソープという響きにひかれ、新しい風俗用のウェアとでも勘違いしたのかもしれないが。

「しかしトミー、よく手に入ったな。東体大人脈おそるべし、だぜ」

「いやぁ、それほどでも。実はそれ、失敗作なんだって」

「なにぃ」

「いや、ちょっと待って。怒らないで聞いてよ。失敗作っていったって、素材から何から同じなんだから。だいたい今のソープモデルができるまでに、百着以上作ったっていうし、初期の頃、サイズを小さめに作っちゃったやつらしいんだ。それでも入手するの大変だったんだから」

「小さめかぁ」

「あのデカイ外国人サイズじゃ、日本人に合わないもの。だからこれがちょうどいいと思うんだけどな」

「なるほど」

　裕次郎も納得した。

「で、これを着てスイミングクラブの対抗戦に出ればいいいってわけか」

「そ、そうなんだけど」

中村は何か言いにくそうにしていた。裕次郎は気づいて中村の脇腹をつついた。

「トミー、お前まだ何か隠してるな。言ってみろ。でねぇと前みてぇにウチの店のホステス集めて、全員でお前の弱点の脇腹をくすぐるぞ」

中村は呻きながらソファーに倒れこんだ。

「言います、言います。実は四つのスイミングクラブのうち、去年関西から進出してきた『にこにこフィットネスクラブ』ってところが曲者《くせもの》なのよぉ」

中村はすっかりオネエ言葉に変わっていた。こういう男が実は世の中にけっこういる。

「ああ、お前が前に言ってたアレだろう。ダンピングはするわ、強引な勧誘はするわってボヤいてた」

「豊富な資金力にもの言わせて、海外旅行や豪華な会員プレゼントしたりしてたんだけど、そのうち悪い噂《うわさ》ばかり流れてきて」

「悪い噂って、どんな」

「たとえばクーリング・オフ無視とか、一度ハンコを押したら最後、退会できないタコ部屋クラブだとか。あと悪徳商法に加担してるって噂もある」

「うさん臭《くせ》ぇなぁ」

「それに聞いてよ、あることないこと誹謗《ひぼう》中傷の嵐。いずれ古くからある地元のスイミングクラブは潰《つぶ》すとか、吸収するとか言いふらしてるらしいのよ」

「随分強気だな」

「でしょ。それで関西の知り合いに頼んで調べてもらったら、バックについてるのは暴力団らしいんだ」

「なーにぃ」

それを聞いては、裕次郎も引っ込みがつかなくなった。

ヤクザの世界はメンツがすべてといってもいい。この岩手県には現在二十一の団体があるが、そのうちの十九団体は黒沢組の傘下にある。残りのうち一つは、組長が高齢で解散に向けて縮小傾向にあったから問題外だ。残るもう一つが問題だった。三陸悠々《さんりくゆうゆう》連合と名乗るその組織だけが、黒沢組の誘いをノラリクラリとかわしながら、密かに関西の広域組織と連絡を取り合っているとの噂が入っていたのだ。

平成四年の暴対法施行以来、地方の組織ほどシノギが厳しくなっている。そのため顔の利く広域系組織の盃《さかずき》を受けるところも、隣県では増えてきていた。だが、岩手でそれをやることは、地元老舗《しにせ》の黒沢組の顔に泥を塗る行為にほかならない。ここ数年岩手で大きな事件が起きずにきたのも、黒沢の大親分が睨《にら》みを利かせていたおかげである。それに関しては、警察関係者も暗に認めていた。

黒沢組は岩手という地にとって、紛れもない必要悪なのだ。ましてや仁義も切らずに乗り込んできたのを許したとあっては、日本中の組関係者の笑い者である。

「で、その関西の組織って、熊坂《くまさか》組か」

まともに睨まれて、中村は唾《つば》を飲み込んだ。一呼吸おいて、中村は頷いた。

「やはりな」

裕次郎の端正な富士額の右横に太い青筋が浮かんだ。その名前に覚えがない奴はヤクザとはいえない。熊坂組は関西有数の勢力を誇る武闘派集団だ。かつて東北新幹線開通と同時に東北になだれ込んできた組織の一つで、黒沢組にも当時の抗争で命を落とした者が何人かいた。妻の恭子の父親であった若頭《わかがしら》や、家政婦をしてくれているマサコの旦那《だんな》も、当時の抗争で亡くなっている。懲役をくらって刑務所暮らしをした組員も多い。

偶然ではないと、裕次郎は思った。当時仙台《せんだい》の大親分が間に入って手打ちにしたとは聞いているが、皆がすべて納得したとは思えなかった。ましてや熊坂組が完璧《かんぺき》に諦めたとも思えなかったのだ。

裕次郎は抗争当時、まだ小学生だった。だから組の長老や、教育係でもある源太から聞かされた程度でしかなかったが、仲間の受けた苦しみの大きさは感じていた。これは組にとっての報復戦になると裕次郎は思った。今風に言うとリベンジである。

「たぶんその対抗戦で地元組に恥をかかせようとしてるんだよ。そうして会員を一気に奪うつもりに違いないもの。選手の引き抜きだって、きっとやつらの仕業」

「そうかもしれんな。だとしたら、やってやるぜ、トミー。必ず勝ってやるよ。完膚《かんぷ》なきまでに叩《たた》き潰して、この地からはお引き取り願おう」

「本当、裕ちゃん」

「話はスイミングクラブの親善試合どころじゃなくなってるぜ。それにしても暴対法施行以来、さまざまな隠れ蓑《みの》の話を聞いたが、まさかスイミングクラブとはな。なるほど、健康ブームに乗っかっての全国展開か。敵も考えたもんだぜ。こりゃあ、話が切ったはったの男稼業にまでなっちまってる。これで逃げては男がすたるっていうもんだぜ。よぉし、この喧嘩《けんか》、黒沢組直系不来方組初代組長黒沢裕次郎が引き受けた」

「いきなり拳銃ぶっぱなしたらダメだよ」

「そんなことするか。やるんなら正々堂々とやってやる」

「本当に」

「俺のモットーはスポーツマンシップだ」

「さすが。よっ、親分。じゃなくて社長」

ヒロシは意味もわからず掛け声をかけた。戸惑う中村を尻目《しりめ》に、晴々とした表情を浮かべる裕次郎の顔がそこにあった。

2

メルセデス・ベンツの後部座席に深々と身を沈めながら、裕次郎は家族に何と切り出そうか考えていた。

まだ年端の行かぬ美咲にはなんとでも言えるが、問題は妻の恭子だ。妻はもともと裕次郎のプール通いをよくは思っていない。馬鹿にさえする。そんなことをしている暇があるんだったら、もっと稼業に身を入れたらとさえ言われたこともある。ましてや今は論文が仕上げの段階らしく、毎日気が立っている。惚《ほ》れた弱みというやつで、裕次郎はどうしても年上の女房に頭が上がらなかった。かといって裏の事情まで話してよいものか。まさか自分より先に手を出すことはないだろうが、なんといっても相手は親の仇《かたき》に等しい存在なのだから。

車は盛岡市鳥が丘の自宅に向かっていた。車窓を流れる商店のネオンが、少しずつ減りだしてきている。もう間もなくで閑静な住宅地に入る。

鳥が丘は『盛岡のビバリーヒルズ』と呼ばれる高級住宅地だ。住民のほとんどが医者や会社役員などといった高額所得者で、その分まわりのことには干渉しない、暗黙の了解がとれた住宅地だった。したがってヤクザが身を隠すには、まことに都合の良い土地柄でもあった。

「うーむ」

唸《うな》り声を上げた裕次郎に、運転席のヒロシが反応した。

「また、女のことでも考えてたんでしょ」

即座に裕次郎のパンチがヒロシの後頭部を襲った。鈍い音が車内に響いた。その瞬間、ヒロシの肉体から魂がスーッと抜け出した。もちろん裕次郎には見えていない。

対向車線の大型トラックのヘッドライトが、車内を眩《まぶ》しく照らしだす。もぬけの殻になったヒロシは、金華山《きんかざん》織りのハンドルを摑んだまま糸の切れたパペット人形のように頭を突っ伏した。すかさずトラックの大きなクラクションが、夜の静寂を切り裂いた。

「危ねぇ」

裕次郎は後部座席から身を乗り出し、右手でハンドルを摑むと慌てて左に切った。車は耳障りな音を立てて、テールを振った。前方の信号が青だったのと、同じ車線に車が走っていなかったのが幸いした。中途半端な姿勢の裕次郎は、体がサイドガラスに飛ばされそうになるのを懸命にこらえた。ギリギリでトラックとすれ違う。車は不安定な体勢で、追い越し車線から走行車線へと斜めに滑って行く。対向車から浴びせられた怒りのクラクションが、糸を引いて遠ざかって行った。すんでのところで正面衝突から逃れ、体勢を持ち直したメルセデス・ベンツは、持ち前の直進性能で走行車線を真っ直ぐに走り出した。

「あっ、大丈夫だったんすか」

寝ぼけたような声を発したヒロシの耳元に、裕次郎の怒鳴り声が飛んだ。

「バカヤロー、危なく死ぬとこだったぜ、コノヤロウ」

「ス、スイマセンって、いや社長が悪いんすよ」

ヒロシはハンドルを握りなおしながら、平然と唇を尖《とが》らせた。

「なんだとぉ」

「前にちらっと言ったじゃないっすか。オレ叩かれすぎて、妙な癖がついたって」

「癖？」

「ヘイ。後頭部に幽体離脱のツボがあるんすよ。万一そのツボに入っちゃうと、オレ本当に幽体離脱しちゃうんす」

「幽体離脱。う、嘘《うそ》だろう」

「本当すよ。さっきだって、車の天井突き抜けて、慌てふためく社長の姿を上から見てたんですから」

「だからくれぐれも叩く時はオデコにしてください。後頭部は避けるようにお願いしますよ、本当」

「マジかよ。気色悪ぃな」

「おぉ、わかった。でも、本当かよ。怖《こえ》ぇな」

メルセデス・ベンツは何事もなかったかのように大邸宅の間を縫《ぬ》って行き、やがて一軒の豪邸の前に静かに停車した。

三台置ける車庫には、恭子の黄色いフォルクス・ワーゲンと、ヒロシの愛車であるバリバリに改造した純白のスカイラインが置かれていた。メルセデス・ベンツは一台分空いたスペースに、バックで勢いよく滑り込んだ。ヒロシは慣れた動作で急ブレーキを踏み、タイヤ止めの一センチ手前にベンツをピタリと停めた。すぐにサイドブレーキを引きエンジンを止めたヒロシは、首を伸ばして辺りを窺った。そして異常がないことを確認すると運転席から下りて、分厚い後部座席のドアを開けた。

「大丈夫っす、社長」

「おう、ご苦労」

裕次郎は降り立ち、一歩踏み出して自らの愛の巣を見上げた。キャメル・カラーの大邸宅が、庭に設置された照明でライトアップされている。土地の広さは百四十坪。上物《うわもの》の総坪数は七十八坪の、この辺りでも有数の豪邸である。

円筒形の玄関が特徴で、これでも木造建築のツーバイフォーでできている。玄関の真上はそのまま円筒形の書斎だ。壁いっぱいに本棚が据えつけられたその部屋は、妻の仕事部屋だった。

大手建築会社の施工で、中世ヨーロッパや後期ルネサンス、日本では大正から昭和初期にかけての洋風建築を意識した造りだ。窓にはすべて防弾ガラスがはめ込まれていることは、建築会社の一部社員しか知らない。

「じゃあ、オレ帰ります。お疲れさまでした」

言いおわらぬうちにヒロシはスカイラインに乗り込み、キーを回した。ドウンドウンという地鳴りのような音を響かせ、スカイラインはヒューストンから飛び立つスペース・シャトルのごとき勢いで走り出して行った。さすがは元暴走族の親衛隊長である。

すぐ先の曲がり角で激しくタイヤを鳴らしていったが、辺りの静寂は変わらない。この辺りの家はみな、北国の高級住宅特有の高気密高断熱住宅である。分厚い窓ガラスも二枚や三枚は当たり前であった。したがって爆弾でも破裂しない限り、外の音は気にならないのだ。

一人玄関前に立ちつくした裕次郎は、カルバン・クラインのサングラスをはずして胸ポケットに納め、大きく深呼吸した。

裕次郎が一人のマイホームパパに変わる瞬間だ。

まずはオールバック気味の髪に手櫛《てぐし》を入れ、少しラフな真ん中分けにする。人指し指に唾をつけて、眉間に深く刻まれた縦皺を揉《も》んで伸ばす。ついでに両手のひらで、力が入りっぱなしになっていた頰《ほお》をマッサージする。最後にガニ股の両足を揃《そろ》え、前かがみの姿勢を真っ直ぐに伸ばす。姿勢の直し方は教科書に載っていた人間の進化に近かった。

裕次郎は咳《せき》払いして、玄関のドアを開けた。

「ただいまぁー」

声も一オクターブ高くなっている。玄関の鏡に映った顔を確認すると、爽《さわ》やかで昔日のアイドル顔だった。おまけにシャンデリアの灯を受けて、歯も白く輝いて見えた。

すぐにスリッパをパタパタさせる音がして、娘の美咲が小犬のように飛び出してきた。

「パパ、お帰りなさい」

裕次郎は美咲を軽々と抱き上げた。

「あぁ、ただいま。何も変わったことはなかったかい」

「うん」

美咲も細い腕を精一杯に伸ばして、裕次郎の体に回す。美咲のサラサラした髪からは、いつもの幼稚園の匂いがした。

「幼稚園は楽しかったかい」

「うん。新しいお歌を覚えたの。後で教えるね」

「それは楽しみだな」

優しく美咲を玄関マットの上におろすと、家政婦のマサコが顔を出した。

「お帰りなさいませ」

「うん、ただいま」

白い割烹着《かっぽうぎ》姿のマサコは、この家にとって不思議な存在だ。もちろん肉親や親戚《しんせき》ではない。

彼女の夫はかつて黒沢組の幹部で、武闘派として知られた存在だった。だが東北新幹線が開通した昭和五十七年、怒濤《どとう》のように進出してきた中央勢力との血みどろの抗争で命を落とした。

繁華街のキャバレーで、相手組織の鉄砲玉がピストルを親分に向けた瞬間、すかさず飛び出し、タマヨケの盾となって果てた。かつての衣川《ころもがわ》の戦いでの武蔵坊弁慶《むさしぼうべんけい》を彷彿《ほうふつ》させる、伝説的立ち往生だったそうだ。

その翌年には妻の恭子の父親で、次代を担うホープと称えられた若頭が命を落としている。さらには元々病弱だった恭子の母親まで、心労が重なり倒れ、後を追うようにこの世を去ってしまった。当時、恭子は十二歳。裕次郎に至っては、イタズラ盛りの十歳の小学生だった。

したがって裕次郎はその辺の事情をよくは知らない。

当時まだ三十代半ばだったマサコは、乳母のような立場で黒沢の家に入った。幼い恭子にとってマサコは母親代わり、いや母親そのものだったのかもしれない。参観日も運動会も学芸会も、多忙な祖父に代わって来てくれたのはマサコだった。

以来十八年もの間、マサコは再婚もせずに、常に恭子の傍《かたわ》らにいた。元々子供のいなかったマサコにとって、恭子は実の子以上の存在になっていたのかもしれない。新婚当初のマンション住まいでも、空いている一部屋に陣取り、料理の苦手な恭子に代わって台所に立った。裕次郎にとっても、いつの間にか居て当たり前の存在になっていたのだ。だから家を新築する際にも、裕次郎は無意識のうちに、マサコ用の和室を一部屋図面に書き足していた。

今や五十代半ば。ふくよかな丸顔で笑顔を絶やさないマサコに、極道の妻の過去は窺い知れなかった。

「お風呂にしますか、それともお食事にしますか」

「うーん。恭子は」

「はい。お食事を済ませて、書斎に籠もってます。なんでも難しい所に差しかかっているとかで」

「そう」

裕次郎はベルサーチのスーツを脱いで、マサコに手渡した。

「食事は後にしよう。その前に一汗かいて風呂に入りたいから」

「あら、トレーニングですか」

「うん。ちょっとした大会に出なきゃならなくなってね。少しは本腰入れようか、なんて思ったんだ」

「あらあら、じゃあ水泳大会」

「あれ。よくわかったね」

照れ臭そうに答える裕次郎を見て、美咲が素《す》っ頓狂《とんきょう》な声を上げた。

「えーっ、パパ泳げるの」

「ああ。当たり前だよ」

「だってぇー、海水浴に行っても泳がないし。だからスイミングクラブに通って、泳げるように練習してるんだと思ってたもん」

「やっぱりね。思った通りだ」

裕次郎の笑い声に被さるようにして、マサコが美咲に言った。

「これこれ怒られますよ。旦那様は昔、有名な水泳選手だったんですから」

「信じられなーい」

「そうだよね。信じられなくて当然だ」

「でも美咲、パパのこと大好きだから信じる。頑張ってネ」

「うん、頑張るよ」

「そうと決まればグリコーゲン・ローディングですよ、旦那様」

突然マサコは割烹着の袖《そで》を捲《まく》った。

「なに。グリコがどうかしたって？」

「グリコーゲン・ローディングです。ご存じないんですか。一流選手が試合前にする栄養摂取法ですよ。エネルギー源をより多く確保するために、筋肉や肝臓のグリコーゲンの貯蔵量を増やす食事に変えるんです。大会が近くなったら言ってください。専用メニューを考えますから」

「専用メニューって、スゴイな。でもマサコさん、どうしてそんなに詳《くわ》しいの」

「あら、話してませんでしたっけ。私これでも結婚前は、給食センターで栄養士の仕事をしてたんです。ちゃんと資格も持ってますから」

「そうなの。知らなかったな」

マサコは乙女のように瞳《ひとみ》を輝かせた。

「一度でいいからスポーツ選手の大会前メニューっていうの作ってみたかったんです。これぞ栄養士冥利《みょうり》に尽きるってもんです。旦那様、腕によりをかけて作りますので、楽しみにしててくださいね」

「ああ、期待してるよ」

「さぁさぁ美咲さん。旦那様は大事なトレーニングですから、リビングに行きましょう。デザートも途中ですし」

「ハーイ。じゃあパパ、頑張ってネ」

「うん、ありがとう」

まわりに応援されて、裕次郎の単純な胸にも火がついた。体の芯《しん》がポカポカとしてきている。裕次郎はその勢いで、地下室へと続く階段を下りて行った。

地下のトレーニング・ルームは裕次郎の自慢だった。この家を建てる際に、無理を言って造らせた部屋だ。ヤクザだって日頃から鍛えておかなければ、いざという時に役にたたない、というのが妻に対しての建前だった。しかし本音は別のところにある。裕次郎は体を鍛えていないと不安になる質《たち》だったのだ。

子供の頃から体育会系で育ち、体を鍛えて結果を出すことのみで自分の存在を認めさせてきた。それが強迫観念のように心の底にこびりついている。不安を消し去るには、常にそれ以上の運動をすることしか方法が見つからなかった。

さらなる高みを目指して筋肉トレーニングを繰り返す。一言でいえば、完璧な筋肉バカだったのだ。

十二畳のスペースには、さまざまなトレーニング機器が雑多に置かれている。真ん中にあるでかいマシンは、二十五種類以上のトレーニングが可能な、アメリカ製の高価なエクササイズ・マシンだ。傍らにはシャフトストッパー付きのベンチとバーベル。壁には自転車のチューブが掛けられ、その下にはラバーダンベルとアイアンシューズが無造作に転がっている。壁際に置かれた古いぶら下がり健康器だけはご愛嬌《あいきょう》で、置き場所に困ったマサコが勝手に運び込んだ代物だった。

裕次郎は黒のビキニパンツ一丁の姿になり、軽くストレッチングをしてから、黒光りするベンチに体を預けた。

頭上に横たわるバーベルが視界に入った。裕次郎は呼吸を整えるとバーベルをむんずと握り、その重さを肩で確かめた。上半身の筋肉が反応している。裕次郎は渾身《こんしん》の力で、バーベルを天井に向けて突き上げた。

その瞬間いきなりドアが開いて、妻の恭子が顔を覗かせた。

「お帰りなさい」

妻の声に裕次郎はバーベルを持ち上げたまま固まり、かろうじて首を横に曲げた。長い髪を掻き上げて、恭子は物憂げな表情を浮かべている。論文の締め切りが近づいた時恒例の不機嫌な顔つきだ。だが、それはそれで美しい。三十歳という年齢になって、ますます妻は美しくなったと実感した。

「ただいま帰ったよ」

恭子は腕組みしながらトレーニング・ルームの入り口に立った。

「二人っきりの時は、いつもの口調でいいわよ」

「そっ、そうか。そうだよな。あぁ、ホッとした。上品な言葉づかいってのは疲れるぜ」

「ちょっと、それよりたまには換気したら。汗臭くて窒息《ちっそく》しそうよ」

「おう。気をつけるよ」

「ねぇ、水泳大会に出るんだって」

「ゲッ」

これからどう話そうか考えようとしていた、その矢先だった。いきなりの本題である。心の準備のできていなかった裕次郎は動揺を隠せなかった。

「な、な、な、なんでぇ。あっ、マサコさんが喋《しゃべ》ったのかぁ」

裕次郎の声がヨーデルのように裏返った。

「違うわよ。中村君から電話をもらったの。御主人の力を借りたいってね」

「トミーか。余計なことを」

「いいじゃない、あたしだって裕ちゃんの生の泳ぎは見たことないもの。一度くらいは見てみたいわ、『みちのくのトビウオ』の泳ぎを」

「いや、これにはいろいろとわけがあってよ。なんていうか、『義理と褌《ふんどし》かかされぬ』っていうか」

「あらーっ、ちゃんと『世界格言辞典』読んでるんだ。いいことよ、誉《ほ》めてあげるわ。でも、せっかくだから『義を見てせざるは勇なきなり』のほうが、ヤクザっぽくてカッコイイと思うけど」

「ああ、なるほど。えっ、お前もしかして、裏の事情まで聞いちまったのか」

「当然でしょ。あたしは心理学も得意なんだから、中村君に吐かせることくらい、お茶の子サイサイよ。熊坂組と聞いたら黙っちゃいられないわ」

妻の目が怪しく光るのを、裕次郎は見逃さなかった。

「恭子、お前まさか」

「バカねぇ。変なことは考えてないから安心してよ。あたしはヤクザの娘で極道の妻だけど、物事の考え方はカタギだから。それに今の仕事は一生の仕事だと思ってるもの、むざむざそんな奴らのために棒に振るなんて考えられないわ。でも」

「でも？」

恭子は真っ直ぐ裕次郎を見据えた。

「父を失った時の悔しさと、母を失った時の悲しさは忘れていないわ。ううん、一生忘れることなんてできやしない。だからといって、あたしが仇をとったからって、それが消えるとは思えない。あたしがあの時の辛《つら》い思いを乗り越えるには、もっともっと幸せになるしかないって思ってる。愛する家族と共に」

「き、恭子」

「だから、あたしたちの幸せのために、勝って。あたしは裕ちゃんが勝つところを見たいの。きっと幸せな気分に浸《ひた》れると思うわ。親の仇だ云々《うんぬん》は置いといていい。あたしって単純に、負けるの大キライな性格だから。知ってるでしょ」

「えっ、ということは、俺、出ていいのか」

「何言ってんのよ、当たり前でしょ。あたしが反対するとでも思ったの」

「だって、俺のプール通いを馬鹿にしてたじゃねぇか」

　恭子は目を大きく見開いたかと思うと、急に笑いだした。

「そりゃそうよ。亭主の浮気を黙認してやってるんだもの」

「浮気？　なんで」

「ふん。あなたは水泳という女に恋しているわ。だから月・水・金て、疲れてても泳ぎに行ってるんでしょ。朝からウキウキしちゃって、まるで恋人に会いに行くみたいにね。あんな事件があって競技者生命は絶たれたけど、あなたはいまだに水泳を愛してるのよ。わかってるんだから。もっともあたしの次にでなきゃ承知しないけど」

「恭子」

「出ていいわよ。きちんとした土俵でルールに則《のっと》って勝負するんだもの。それに勝つことで気持ちが少し晴れるなら、民主的な敵討ちよね。裕ちゃんだって、出たいんでしょ。応援するから、頑張ってよ。歳をとりすぎて脂《あぶら》がのった『みちのくのサバ』になったなんてオチは見たくないからね」

「わかってる」

「こんな男を上げるチャンスはめったにないわ。正々堂々と戦って、熊坂組に一泡吹かせる。さらには親友の窮地を救って、自己記録更新よ。いい?」

「お、おう。俺はヤクザだけど、スポーツマンシップがモットーなんだ」

「スポーツマンシップね。どこまで通用する相手なのかわからないけど、絶対に負けちゃダメよ」

「おう」

「それと勉強も怠《なま》けちゃダメ。パスカルはこう言ったわ。『無知を恐れるな。いつわりの知識を恐れよ』って。わかるでしょ」

それだけ言うと、恭子は踵《きびす》を返した。しかし裕次郎が本当にその格言を理解したのかは定かでなかった。無知の音が鞭《むち》に聞こえて、一瞬頭の中をSM女王姿の妻が駆け抜けて行くシーンが浮かんだだけだった。

3

半分灯を落とした夕顔瀬スイミングクラブのプール脇に仁王立ちし、ストップ・ウオッチのデジタル表示から目が離せずにいる男がいた。中村富夫、通称トミーである。彼はそのストップ・ウオッチが表示した数字を、信じられぬ思いで見つめていた。

23秒80。それは今、目の前で泳いでいる男が50メートルで叩き出したタイムである。寒くもないのに体が小刻みに震えていた。

50メートル自由形の日本記録は、中央大学の学生が出した22秒68である。それに遅れることわずか1秒余りのこの記録は、現在の岩手県記録24秒68をはるかに上回っている。しかもこの記録を目の前であっさりと叩き出した男は、体力作りという名目で、週に三日しか泳いでいない男なのである。

一流選手は皆ストイックな日々のすえに記録に挑む。それに比べ、欲望の塊のような男が、大酒かっくらって煙草をブカブカ吸った挙げ句に出した記録がこれだ。

中村は信じられない思いでいた。たしかにある程度は期待していたものの、ここまで凄いとは思ってもいなかったのだ。世界記録から2秒は遅れているとはいえ、空恐ろしさを感じずにはいられなかった。

中村はあらためて目の前の裕次郎の泳ぎを見た。そしてその潜在能力の高さに驚いていた。自身の現役時代には気づかなかった泳ぎのポイントが、コーチ専業になった今、手に取るようにわかる。

肘《ひじ》の位置は高く、入水した後は美しいS字ストロークを描いている。水の押し出しも完壁で、はね上げも少ない。

なにより速さの秘密はショルダー・シフトである。前に伸ばした腕が肩からさらに前に行く感じの泳ぎなのだ。

この時に見逃してはいけないポイントがある。それは反対側の肩と腕だ。これが連動して後ろに移動するのだ。この動きによって遠くから水を引き寄せ、さらには遠くまで水を押し出すことができる。

もっとも言うは易《やす》しで、わかっていてもなかなかできる技ではない。これができるのは世界広しといえど、あのイアン・ソープと裕次郎の二人だけだろう。この泳ぎには常人離れした肩の柔らかさが不可欠なのである。イアン・ソープのライバルのピーター・ファンデンホーヘンバントが、真似をして肩を痛めたという話を聞いたことがあった。笑い話ではない。当然の結果だろう。

驚くべきことがもう一つあった。それはこの泳法を身につけた過程だ。イアン・ソープの場合は、さまざまな科学的トレーニングを経験した結果編み出された泳法である。それに対して裕次郎の場合は、天性のものとしか思えなかった。だとしたら裕次郎のほうが、ソープより素材的には上ということになる。

たとえ肩の柔らかい選手が真似しても、この泳法はできないだろう。おそらく体の中心線がブレて、真っ直ぐ進めなくなる。それが可能なのは、ソープの場合、足の大きさと柔らかな足首の動きのせいに違いなかった。つまりは35センチの大足が、そのまま魚の尾ビレと化すのである。

裕次郎の足の大きさは28センチ。日本人としては大きいが、イアン・ソープには7センチも足りない。しかしそれを補っているのは、爆発的なキック力だ。正確に計ったことなどないが、おそらく瞬間的なキック力はソープを上回っているかもしれない。常日頃からヤクザの基本はケリだといって、サンドバッグ相手にヤクザ・キックに磨きをかけていたのが功を奏したのだ。

「トミー、クーリングダウンって、こんなもんでいいだろう」

気づくと足元に裕次郎の端正な顔があった。

「ああ。ス、スゴイよ、裕ちゃん」

答える声が震えている。

「けっ、23秒台で言うな。まだ七分の仕上がりだ。本気出しゃあ、22秒台はいくぜ。と、言ったってイアン・ソープにはかなわねぇけどよ」

「22秒台。日本記録だぞ」

「煙草をやめりゃあ、すぐに出せるぜ。なんてな。なかなかやめられなくてよ。でも、本数減らしてるんだぜ、大会に向けてよ。なんたって本番は100メートル泳がなきゃなんねぇんだからな」

「うん。いい心掛けだよ」

「それにお前、ストップ・ウォッチばかり気にしてて気づいてねぇみてぇだが、俺まだ伝家の宝刀を抜いてねぇんだぜ」

「伝家の宝刀?!」

「おう、ボディースーツ型水着よ」

中村はのけぞった。

そうだった。本格的な練習初日ということで、あえて好きなように泳がせるために着用を強制しなかったのだ。刺青隠しのためだけに用意したボディースーツ型水着が、いまやまさしく伝家の宝刀となりうるのである。

もしこの男がボディースーツ型水着を着用して本気で泳いだら、と考えて中村は身震いした。確実に1秒はタイムを縮めることだろう。

「スゴイよ。この調子だと日本選手権レベルだぞ」

「日本選手権がなんぼのもんじゃい。世界に目を向ければ、速い奴はなんぼでもいる。イアン・ソープに、オランダのピーター・ファンデンホーヘンバント。それにあいつ、アメリカのアンソニー・アービンだっけ。あいつも悔しいけど速《はえ》ぇや。やっぱり若いってのは武器だよな」

「いや、それはそうだけどさ」

　中村は心底惜しいと感じていた。この目の前にいる男が五歳若かったら、そしてあんな事件に巻き込まれなかったら、オリンピックの表彰台で真ん中に立っていたかもしれないと。そしてそう考えることは、自分自身を責めることでもあった。

「もう上がっていいよ」

「いやだ。まだ泳ぎ足りねぇ。もう少し、いいだろう」

「ああ、いいけど」

　この男は水の申し子だ。中村は思った。

　コースに戻った裕次郎を月明かりが照らしだす。水に濡れた背中の唐獅子牡丹が、鮮やかに水面に浮かび上がっている。真っ赤な牡丹を伴った深緑色の唐獅子が、口を開けて吠《ほ》えながら泳いでいるようだった。開かれた口から吐き出しているものは憎しみか怒りか、はたまた悔恨だろうか。

　突然微かな胸の痛みを覚え、中村は遠い過去に思いをはせた。

高校二年の春の出来事だった。

盛岡の街に春を知らせる地裁前の石割桜《いしわりざくら》が満開になった日の午後のこと。新二年生の新人戦での活躍で、一躍強豪校の仲間入りを果たした盛岡東高校水泳部だったが、部内にはそれを快く思わない連中がいた。新三年生である。

それまでの三年生が卒業し、最上級生となったがために抑えが利かなくなったのだ。体育会系クラブにはよくある話だが、後輩への気合入れがその日行われた。

部室の冷たいコンクリートの床に正座させられ、下級生は上級生から説教という名の集団暴力を振るわれた。有り余る青春のエネルギーなんて奇麗な話じゃない。ドロドロと鬱《うっ》屈《くっ》した汚いストレスを、ただ闇雲《やみくも》にぶつけられたのだ。秋に行われた新人戦で後輩に抜かれ、選手から外された上級生ほど陰湿だった。

二年生の中でも特に将来を嘱望された裕次郎と、何かと監督の覚えのよい自分がターゲットの中心だった。

裕次郎は耐えていた。どんなに理不尽な暴力でも耐え抜く胆力《たんりょく》を裕次郎は持っていた。だがその矛先《ほこさき》が新一年生に向けられると状況が変わった。自分一人が我慢していればいいという問題ではなくなった。

先にキレてしまったのは自分だった。我慢しきれなくなって口答えしたら、更に袋叩きにあった。それが切っ掛けだった。裕次郎が完璧にキレてしまったのだ。

先輩たちを無差別に殴り、そして蹴りまくった。その姿は鬼神のようであった。自分が必死に羽交《はが》い締めにし、後輩たちは泣きながら腰にすがりついた。

裕次郎が我に返った時には、すべてが終わっていた。目の前にはボコボコにされた三年生が四人横たわり、残る二人の三年生は血だらけの顔を惚《ほう》けさせ、小便を漏《も》らして床に座り込んでいた。

有力クラブ内の事件だけに、学校も内々に処理したかったようだが、そううまくはいかなかった。人の口に戸は立てられないというやつで、やがて教育委員会の知るところとなり、処分が下された。

三年生全員と裕次郎は無期停学処分となった。だがそれを潔《いさぎよ》しとしなかった裕次郎は、一人退学届を出し高校を辞めた。その後の裕次郎の消息は、盛り場でしか聞かれなくなった。

こうなれば親とて黙ってはいない。

裕次郎の実家は文安《ぶんあん》元年（一四四四年）開山の曹洞《そうとう》宗の名刹《めいさつ》であった。南部の殿様にも庇護《ひご》された、歴史のある寺である。跡取りである三歳上の兄は、この当時仏教系の大学に進学していた。そこで親は家に連れ戻し、僧侶としての修行をさせようとしたが、はなから抹香臭《まっこう》いのが苦手の裕次郎は逃げに逃げまくった。自分も説得してはみたが、いっこうに埒《らち》があかない。そうこうしているうちに親は勘当を申し渡した。

そんな頃に二番目の事件が起きてしまった。

盛り場に疲れ、ふと静かな城跡である岩手公園に足を向けた裕次郎は、坂下で拉致《らち》事件に遭遇したのだ。

今にも黒塗りのベンツに連れ込まれようとしているのが若い女性だと気づき、裕次郎は女性を救いに駆け降りた。

運転手を入れて相手は三人。しかし近づくにつれ、街灯に照らしだされた相手の姿を見て、一瞬裕次郎は躊躇《ちゅうちょ》したという。

派手なスーツ姿は、一目でヤクザ者だとわかった。だが裕次郎の勢いは、坂を下るスピードのまま止まらなかった。

相手に体当たりして女性を救い出したまではよかったが、懐から鈍く光る拳銃を取り出したのを見て血の気がひいた。そこに何人かの男たちが駆けつけてくるのがあと少し遅かったら、裕次郎は確実に撃たれていたことだろう。

撃たれずにすんだ裕次郎は、今度は駆けつけた男たちに拉致されたのだ。

連れて行かれた所は、黒沢組の総本部だった。そこで裕次郎は黒沢総長と対面し、礼を言われたという。助けた女性が孫娘の恭子だと知らされたのだ。裕次郎が早く帰りたくて身元を明かしたところ、今度は逆に黒沢総長が驚いたという。そしてしばらくして迎えに来たのは、なんと裕次郎の祖母だった。二人は古くからの知り合いだったのだ。

と、この辺りまでは中村も話には聞いていた。だが、その後のことはよく知らない。なぜ裕次郎はヤクザになったのか。黒沢組の中で、裕次郎がどうやってのし上がって行ったのか。

次に会ったのは裕次郎と恭子の結婚式の時だった。

二次会でしこたま酒を飲ませて聞き出そうとしたが、笑ってはぐらかされたままだ。それまでの間に何やら手柄でもたてたのだろう。総長の孫娘を娶《めと》り、後継者レースに名乗りを上げたのだから。

いつかゆっくり聞いてみたいと思っていた。裕次郎は話してくれるだろうか。

しかし一番わからないのは、そのまま総本部に残らなかったことである。異例の若さで独立したのには、何か事情があるのだろうが、なにぶん世界が違いすぎる。カタギ中のカタギである中村には皆目見当もつかなかった。

「トミー」

いきなり後ろから声をかけられ、思わず中村は飛び上がった。見ると後ろに裕次郎が立って、バスタオルで髪を拭《ふ》いていた。

「おどかすなよ。心臓が止まるかと思った」

「んったく、大げさな奴だぜ。おい、着替えてくるから、軽く飲みに行こうぜ」

「いいけど」

「己に勝つためには、酒の力も少しは借りなきゃな」

笑いながら裕次郎はロッカールームの方へ向かっていった。

ロッカールームの方から軽快な口笛が聞こえてきた。奏でている曲には聞き覚えがあった。RCサクセションの「トランジスタ・ラジオ」だ。

中村はまた胸がチクリと痛くなった。その曲は自分たちが文化祭で演奏した曲だった。裕次郎がリード・ギターで、中村はベースだ。毎日が楽しくて、それだけで毎日がキラキラと輝いていた時代だった。

中村は、はたと気づいた。さっきの一言だ。己に勝つとは、過去のことをいつまでもひきずるな、クヨクヨするなってことなのかもしれないと。

4

馬場《ばば》町は中津《なかつ》川と北上川、さらには雫《しずく》石《いし》川といった盛岡を流れる三河川の合流点から北の一帯である。

藩政時代には『桜の馬場』があり、周辺には馬役人の屋敷や厩《うまや》などが立ち並んでいたという。桜の咲く頃となると、人々が集う一大行楽地でもあった。

明治維新後は盛岡監獄所が置かれ、歴史に残る明治十七年の盛岡大火の発生場所でもあった。

今は昔ながらの佇《たたず》まいを残す、静かな住宅街である。その家並みの一番奥に、黒沢組総長、黒沢市太郎親分の大邸宅がある。

敷地はざっと見回しても二百坪以上はある。ぐるりと黒板塀が取り囲む純和風二階建ての落ちついた邸宅は、一見ヤクザの親分宅とは想像だにさせなかった。

だが門から中を覗いて見ると、玄関に続く玉砂利の上には、いかにもといった屈強な男たちの姿があった。彼らのサングラスの奥の目は、猛禽《もうきん》類のように鋭い。

邸宅内にある和室の客間では、歳の頃七十代とおぼしき男女が、黒檀《こくたん》の座卓を挟んで向かい合っていた。

豪快な笑い声を上げている老人は、黒沢市太郎。もちろんこの家の主で、かつては『東北の虎《とら》』と称された大親分である。大島紬《つむぎ》の和服を着込んで、分厚い座卓にデンと寄り掛かっている。でっぷりと肥えた体にハゲ頭は、妖怪海坊主を彷彿させる。手入れが行き届いているのか、肌はテカテカと光っていた。

背にしている床の間には、天照皇大神《あまてらすおおみかみ》の掛け軸が掲げられている。頭上の欄間に彫られた龍の目にはめ込まれているのは、本物のルビーだった。

一方、向かい合っている老婆は、上品に口に手を当てて笑っている。その一挙一動には、老婆と呼ぶのもはばかられるほどの品と貫禄《かんろく》が感じられた。

着物姿も堂に入っている。若草色の無地の着物に、浮き出しの銀の桐《きり》の葉をあしらった黒地の帯を締めていた。髪の毛もまだ豊かで、束ねた髪を鼈甲《べっこう》の櫛で留めている。

この老女こそ裕次郎の祖母、上野《うわの》ツタであった。

かつては盛岡一の歓楽街八幡《はちまん》町で名妓《めいぎ》の名をほしいままにした、伝説の芸者蔦奴《つたやっこ》の晩年の姿だと知る者は少ない。

「しかし本当、長い付き合いだなっす。市ちゃん」

「んだなぁ。かれこれ五十年以上か」

「五十五年になりやんす。あたしと道男《みちお》と市ちゃんの付き合いは」

「よせよ。死んだ亭主の歳を数えてるみてぇだぜ」

二人は笑い、同時にため息をついた。

「戦争が終わって知覧《ちらん》からやっとの思いで帰ってみれば、駅前は焼け野原だった。ある程度予想はしてたども、まんず驚いたな」

「あれはひどかったなっす。昭和二十年の三月に空襲で焼夷弾《しょういだん》落とされてなっす、一面焼け野原だもの。駅前商店街と住宅で、百六十戸も焼げやんした」

市太郎は目を閉じた。昆布茶を持つ手も止まった。しばしの静寂が二人を包んだ。

「たしかにひどかった。みんな痩《や》せて、目だけ血走らせててな。そんな焼け跡に、ある日人だかりができてな。なにかうんめぇ物でも売ってるのかと思って行ってみたら、ボロボロの僧衣をまとった男が、愛だ平和だと辻説法してるじゃねぇか。それが道男だ。悪いけど、笑っちまったな。蒙古《もうこ》が攻めてくる前の日蓮《にちれん》を思い出しちまってな」

市太郎は豪快に笑い声を上げて、話を続けた。

「だーれ、あんな時代にゃ、愛も平和もあったもんじゃねぇ。自分一人生きてくのに精一杯だった。なのに助け合えだのなんだのって、雨の日も雪の日もよ。馬鹿じゃねぇかと思ったな。説法よりも一杯の雑炊のほうが何よりありがたかった時代だもの」

「まったくだなはん。でもあの人、信念を曲げなかった」

「ああ」

市太郎は遠くを見るような眼差しをした。

「そのうちワシは子分を集めて愚連隊《ぐれんたい》を結成し、闇市を仕切るようになった。昭和二十一年の夏だったな。そしたらある日道男の奴、いきなりワシの所へやってきて、金を貸してほしいって土下座するんだもんなぁ。驚いたぜ。何に使うんだと聞いたら、困っている人たちのために低利で金を貸す無尽銀行をやるって言いやがる。オイオイって、呆《あき》れたね。こっちが高利で金貸し始めた矢先だぜ。お人好しにもほどがある」

市太郎の突き放すような口調に、ツタは笑い返した。

「でも、市ちゃんは貸してくれた」

市太郎は慌てて言い返した。

「そりゃあ、道男の家が名門の寺だって聞いたからよ。万一焦げついたら、寺代々のお宝でも処分すりゃあいいべと思って貸しただけだ」

ツタは持っていた昆布茶の茶碗《ちゃわん》を座卓に置いた。

「その後だよ、あたしと結婚したのは」

「あぁ、そうだ、そうだ。みんな蜂《はち》の巣つついたみてぇに大騒ぎしたんだ。やっと八幡も活気が戻ってきたってのに、一番の売れっ子芸者が闇市の親分を袖《そで》にして、こともあろうか辻説法のボロ坊主に嫁いだってな」

　市太郎は唇の端を歪《ゆが》めた。

「あたしだって驚いた。融資の依頼でお座敷には時々お大尽様にくっついて来てはいたけど、まさかあたしにホの字だったなんてなっす」

「よっ、妬《や》けるね、チクショー」

「だって市ちゃん。私には何もありません。でも私にはあなたが必要なんです。私の傍《そば》で笑っていてくれるだけでかまいませんから、一緒になってください。なーんて真面目な顔して言うんだもんなっす」

「くー、のろけやがって」

　市太郎は身悶《みもだ》えした。

「だって、あんな一生懸命な男、初めて見たんだもの」

　市太郎は残り少なくなった昆布茶を一気に呷《あお》った。

「ワ、ワシだって、一生懸命生きてたんだ」

「そ、そうでがんすなっす」

　再び二人は黙り込んだ。ここまでの昔話は、二人が会うたびに繰り返す恒例の思い出話だった。いわばイントロである。年寄りにありがちなパターンで、順序だてて話さないと本題に入れないのだ。

ツタは障子のガラス越しに庭に目をやった。篠竹《しのだけ》と石灯籠《いしどうろう》が見えている。石灯籠の笠《かさ》には気の早いキセキレイが止まっていた。キセキレイは長い尾を上下にせわしなく動かしている。

先に口を開いたのは市太郎だった。

「で、息子はまだ、裕次郎を許しちゃくれねぇってか」

「そうなのっす。まったく誰に似たんだが、頑固者で」

「まぁなぁ。由緒正しき寺の子息が、よりによってヤクザの盃受けちまったんだからな。普通の親なら当然だわな。まぁ、裏で手引きしたのが自分の母親とは、夢にも思っちゃいねぇようだが」

「よしてよ。あたしはよかれと思って市ちゃんの所に預けたんだからなっす」

「ふん。本当にそれでよかったのかねぇ」

市太郎はため息をついた。

「あたしゃ、間違った選択はしていながんすよ。ウチの人だって生きてたら、同じ選択したと思うし。だって生前ウチの人ったら、生まれ変わったらヤクザになりたいなんて言ってたんだからなっす」

「へー、あの堅物の道男が。お釈迦《しゃか》様もビックリ、初耳だべ。けっ、生きてるうちに聞きたかったたな、その台詞《せりふ》」

　市太郎は再び豪快に笑い声を上げた。

「昔はさぁ、手の付けられない乱暴者がいると、地域のみんなが相談して、市太郎親分の所に預けたもんだなっす。そうすると礼儀が身について、少しは社会のことがわかるようになるって言って」

「あぁ、昭和四十五年頃だったかな。一度に五人ばかり部屋住みさせた時はまいったな。それぞれが町内を代表する乱暴者ばかりだべ。毎日仲間どうし喧嘩ばかりでな、毎日ぶん殴って説教だ。さすがに疲れたよ、あん時は」

「ホホホッ、それがすごいって言ってた。どんな偉い坊主も真似できないって」

「けっ、ワシは慈善事業家じゃねぇっての。それに平成の時代になったら、さらに質が悪いぜ。家庭内暴力で手が付けられなくなった息子を、親や補導員が連れてくるんだぜ、なんとかまっとうな人間にしてくださいって。ワシられっきとしたヤクザだぜ。聞けば警察に紹介されたって言うじゃねぇか。なんてこったべ。えっ、いつの間にかうちの組は、矯《きょう》正《せい》施設にでもなったのかいって」

「地域に愛されるヤクザだもの。日本広しといえど、そんな組は黒沢組だけ」

「へへん。そんなこと言ってるのはツタちゃんくれぇなもんだ。第一そんなことが関西の連中の耳に入ったら、いい笑いモンだぁ。あそこの組は腑抜《ふぬ》けばかり集まってくる幼稚園みてぇな組だってな」

「でも、みんな立派に育てたじゃながんすか」

「あぁ、そりゃあ預かった責任はあるからな。半分はヤクザになったが、皆業界では知られる立派なヤクザになったぜ。で、残りの半分は心を入れ替えて、カタギの世界に戻って行った。そいつらも立派になったぜ。経営者とか教師になったのもいる。そうそう市議会議員になったのもいてな、あん時ゃワシも一票入れたよ。いや本当、人を育てるってなぁ、難しいがやり甲斐《がい》のある仕事よ」

「でしょ。でもなかなかできるもんじゃない。市ちゃん、スゴイ」

「よせよ、この歳でも照れるぜ」

市太郎はハゲ上がった頭を掻いた。

「だからウチの人亡き後、頼めるのは市ちゃんしかいないと思って、裕次郎をお頼み申し上げたのっす」

「ああ、あん時はビックリしたな。うちの孫娘を助けてくれたのが、ツタちゃんの孫だっていうんだもんな。これも神様のお導きかと思ったぜ。それに面構えが気に入った。真っ直ぐにワシの目を見てな、あれだけヤクザ者に囲まれてて少しもビビッていなかった」

「自棄《やけ》っぱちだったんだよ、あの頃の裕次郎は。夢も失って、どうしていいのかわからなかったんだと思う」

「そうかもしれねぇ。でも、そんな奴は何人も見てきた。裕次郎は違った。ワシは絶対こいつはモノになるって閃《ひらめ》きがあった。そして」

「そして？」

「そしてモノになった。いや進行形だ。あいつは大物になる」

その一言を聞いてツタが笑い声を上げた。

「喜んでいいんだよねぇ、孫の出世話なんだから」

「もちろんだべ、と言いたいところだが、やっぱり複雑かい」

「そりゃあねぇ。いざとなったら切ったはったの世界でしょう」

「そりゃ、そうだ。だが裕次郎には運がある。運ての は大切なモンだ。恭子との出会いも運なら、愛し合うようになったのも運だ。そうそうフィリピンでやった組の射撃大会で、いきなり優勝しちまったのもな。あれで幹部連中が一目置いた。さらには閃きだ。サラ金より安い金利で金を貸すなんてなぁ、逆転の発想だ。薄利多売《はくりたばい》なんて言いやがって、ありやあ枕元で道男が囁《ささや》いたに違《ちげ》ぇねぇ。今までのやり方にどんどん新しい発想を取り入れてな。ワシらは昭和のヤクザだが、あいつは平成のヤクザだ。暴対法の嵐を乗り切ってウチの組が潤っていられるのも、あいつのおかげだ。幹部連中も認めている。だからこそあいつを独立させたんだ。お仕着せの枠の中に置いとくのがもったいねぇような気がしてな」

「ありがとう、市ちゃん」

ツタは深々と頭を下げた。市太郎は慌てて手で制した。

「いや、ツタちゃん。実はワシ、悩んでるんだ。本当にあいつはヤクザに向いとるべかって」

「えっ」

「わからねぇんだ。あいつならカタギの事業家としても成功するはずだ。だとしたらヤクザのままにしとく必要はねぇんじゃないのかなってな。道男の手前もあるし。もっとも幹部連中が放したがらねぇだろうが。なんたって稼ぎ頭だ。あいつの存在自体が、組織の経済力だと考えている連中もいる。でもな」

「でも」

「うむ。ここだけの話だが、ワシはいずれ裕次郎をカタギにさせたいと思っている」

「えーっ」

ツタは驚いて身をのけぞらせた。背骨を久しぶりに反《そ》らせたせいか、ゴキリと鈍い音がした。ツタは慌てて腰をさすった。

「でっ、できるの、そんなこと」

「ああ。あいつは今のところワシの盃しかもらっとらん。別に義兄弟がいるわけでもないから、話は簡単だ。盃を返させればいい。破門や絶縁という手がないわけでもないが、それも最悪の場合は考える」

「市ちゃん」

「いや、まだわからんよ。この先またワシも考えが変わって、跡目になんて考えるかもしれんし、何より幹部連中がほっとかないだろうしな」

「裕次郎のことをそこまで考えてくれてたなんて。礼を言います」

「なーに言ってるの。ワシにとっても大事な孫娘の婿だべ。それに聞いてるかい、あいつまた事業に成功したんだよ。今度は風俗で当てやがった。盛岡一美人揃いの高級クラブを始めたのはわかる。多少高くても、男はそういう所へ行きたくなるもんだべ。まぁ、それだけ盛岡の街も経済力がついたってことだからな。で、スゲェのはその次に始めた店だ。年金キャバレーだぞ、知ってるかツタちゃん」

ツタは目を丸くして首を振った。

「ワシも最初は驚いたし、幹部連中は笑ってたね。なんたってホステスに六十歳以上のバアばっかり揃えたキャバレーだぜ。実際にみんな年金貰《もら》ってるんだ。そんな店誰が行くもんかって思ってた。そしたらその店が、今や大流行りだって言うじゃねぇか。世の中わからねぇもんだ。というか、裕次郎の発想の勝利だな」

市太郎はまったく感服した表情だった。ツタはしみじみと呟いた。

「あの子は昔っから、勉強は苦手だったけど、頭はいいんだよねぇ」

「あぁ、それってよくわかる。今の世の中勉強はできるが、頭の悪い連中が多くてな。一流企業や官庁なんて、そんな人間ばっかりだ。マニュアル漬けで、応用が利かなすぎる」

「まったくねぇ。でも、その年金キャバレーっておもしろそうだなっす。あたしも雇ってもらおうかしら」

「おっと、だったらワシ、毎日通っちゃうぜ。そしたらツタちゃんは、ワシ専用のホステスだぜ」

「なーに言ってるの。市ちゃんには、まだ若い愛人が三人もいるんでしょ」

「な、なんでそれを」

「まったくお盛んなんだからなっす。歳を考えてほどほどにしたほうがよがんすよ」

「いや、まったく。面目ねぇ」

ハゲ頭を真っ赤にさせた市太郎を見て、ツタは一声高く笑った。つられて市太郎も豪快に笑い声を上げた。

庭の石灯籠の笠に止まっていたキセキレイの前に、もう一羽のキセキレイがどこからともなく現れ、長い尻尾《しっぽ》を縦に振りだした。時折吹く風に傍の篠竹が揺れて、カサカサと囁くような音を立てた。やがて二羽のキセキレイはチチンと高く囀《さえず》って飛び立った。

5

街の中心部の商店街は、昨今の地方都市の傾向通り、空洞化が問題となっている。度重なる郊外への大型店の進出で防戦一方だった。

だが道を一本隔てた裏通りにある歓楽街は、夜ともなれば人で溢《あふ》れ返る。特に日活ビルの横の通りは一番の活況を見せていた。

ただでさえ細い通りに、人とタクシーがせわしなく行き交っている。客寄せに立つホステスの媚《こび》を売る声。風営法の範囲内で擦《す》り寄る客引きの男。酔っぱらいの笑い声。耳障りなクラクションの音。それはまさに同じ時間を、争って共有しているかのような錯覚さえ感じさせた。

ちょうど通りの中ほどに、不来方レジャー産業所有のレジャービル、パラダイス・プラザがある。七階建てで、華やかなネオンきらめくこのビルは、今やこの通りのシンボルでもあった。

不来方レジャー産業が直接経営にあたっているのは四店舗だけで、あとはすべてテナントである。空き店舗が目立ちだしたビルが増えているなかで、このビルは希有《けう》な存在でもあった。

通常ヤクザが絡んでいるビルは敬遠されるものである。なのにこの盛況ぶりは、ひとえにこの地方における黒沢組の性格を如実に物語っていた。

地元に手厚い。かと言って中央資本に厳しいというわけではない。ただトラブルを極端に嫌うだけだ。トラブルを起こした所は徹底的に追及される。場合によっては叩き潰されることもある。それこそが黒沢組の性格そのものである。

総長黒沢市太郎の座右の銘は『和をもって貴《とうと》しとなす』である。自分から突っかかることはしない。ただ相手から売られた喧嘩はとことん買う。要は和を乱す奴が大嫌いなのであった。そしてその意志は裕次郎にも受け継がれていた。

したがってカタギの経営者たちは、それを拠《よ》り所にした。いかにカタギとはいえ水商売である。つきもののトラブルを避けるためにも、守られているという意識が必要だった。

その意識が経営者たちを楽に商売に向かわせるのである。

共通意識に満たされているビルは、客をも安心させる。あのビルの店はどこも居心地がいいと評判になって、テナントもそれぞれ繁盛していた。

「あー、眠い。さすがにしこたま泳いだ後は疲れるぜ。このところ少しオーバーワーク気味だからな」

裕次郎はボヤキながら水割りのグラスを口に運んだ。

「それじゃあ、早めに切り上げやすか。もともと夜回りは総務部長の担当ですし」

「バカ。その源さんが珍しく風邪で寝込んだから、代わりに回ってるんだろう。しっかり仕事しろよな」

ヒロシは上の空で店内をキョロキョロと見回した。

ここは盛岡一の高級クラブ『花園』の店内である。

盛岡一高級というだけに、料金も高い。銀座ほどではないにしろ、盛岡の水準でいえばダントツに高い。それでも客席は八割方埋まっていた。平日水曜日の客の入りにしては充分である。

高くても人気なのには理由がある。女の子の質の高さだ。美貌と教養が採用基準で、地方にしてはかつてないほど厳選された女の子揃いである。オープン時の面接には恭子も立ち会わせた。もちろん教養面担当の選考員としてだ。その結果が、これであった。

男は誰しも美貌と教養を兼ね備えた女に憧れるものだ。そんな女にチヤホヤされるのを嫌がる男は、この世に一人としていないというのが、裕次郎の狭く断定的な持論だった。なにはともあれ企画は当たった。女の子たちも盛岡ではダントツに高い給料と、銀座並みの厚遇に満足していた。したがってこれまたうまく歯車が回っていたのである。

瞼《まぶた》が閉じそうになるのを必死でこらえながら店内を見渡していると、一人の男と視線が合った。店のちょうど真ん中にあるボックス席の仕切りから、男は首を伸ばしてこちらを窺っている。ムードランプに照らされて怪しく浮かび上がる剃髪《ていはつ》した頭には、真っ赤なバンダナを捩《ねじ》り鉢巻きのように巻いていた。それはまさしく兄の道太郎《みちたろう》のトレードマークだった。

「兄ちゃんか」

声を掛けると紺色の作務衣《さむえ》姿の大男が立ち上がり、のしのしと近づいてきた。

「おう、やはり我が愛する弟、裕次郎ではないか。奇遇、奇遇」

ダミ声を張り上げて、兄は弟を抱擁《ほうよう》した。かなり呑《の》んでいるらしく、全身から酒の匂いが湧《わ》いていた。

「どうしたの。なんでまたこの店に」

「なんだ、坊主が来ちゃいかんのか」

「そうは言ってねぇけど。ただ突然だからビックリした」

「そうか。実は今日、若手僧侶の研修会が繫温泉《つなぎ》であってな。泊まり込みの研修なもんだから、みんな盛り上がっちまってな。ほら、みんな寺の跡取りで、普段は親の目が光ってて、羽目をはずせない連中ばかりだろう。それで夜も更けてからタクシーで繰り出してきたってわけだ」

兄のいたボックス席を覗いて見ると、若い僧侶たちが五人、店の女の子をはべらせてデレデレの体《てい》だった。

「なるほど、御機嫌のようですな」

「おう、評判通りで本当にいい店だ。なんたって美人揃いだもんな。ここはまさしく桃源《とうげん》郷《きょう》だ」

道太郎はうれしそうに歯をむきだして笑った。兄の意外な一面を見て、裕次郎は驚きながらも苦笑した。

兄の道太郎は三十一歳で、まだ独身である。高校時代は市内でも一番の伝統校の応援団長で、そのバンカラぶりは伝説にさえなっていた。つまりは硬派の塊のような人で、いつも誰かを応援していないと落ちつかない応援団馬鹿でもあった。寺の跡を継ぐため東京の仏教系大学に進み、卒業後は京都で修行して副住職となった。その頃には裕次郎はすでに家を飛び出していた。したがって兄弟らしい会話はほとんどしていない。ただ同じ街に住んではいるので、たまに出会った時に言葉を交わす程度だ。なんといっても裕次郎は勘当の身。兄としても父親の手前、勝手はできない。

「誉められるとうれしいね。兄ちゃんに敬意をあらわして、何かうまい酒でも差し入れするか」

「そうか。悪いな、顔を立ててもらうみたいで」

「でも支払いは大丈夫かい。サービスはするけど、うちの店けっこう高いぜ」

裕次郎は冗談で言ったつもりだったが、道太郎は真顔で頷いた。

「お前、坊主丸儲《もう》けって言葉知ってるだろう」

「う、うん」

道太郎は裕次郎の耳元に顔を近づけて囁いた。

「あれって、本当だぞ。坊主は儲かる。なんたって宗教法人だからな。とはいえ俺もまだ自由には使えない。親父の目の黒いうちは駄目だな。早く親父が引退してくれればいいんだけど、相変わらずの偉丈夫《いじょうふ》だからな。母さんはこの間風邪ひいて三日ばかり寝込んだけど、親父は殺しても死にそうにない」

裕次郎は笑い返した。道太郎はたまに会うと、こうして悪口交じりに親の近況を知らせてくれるのだ。裕次郎は、その気持ちがありがたかった。

ふと道太郎は大きなため息をつくと、いきなり裕次郎の肩を摑んだ。

「なぁ、一度顔を見せに来ないか。母さんが美咲に会いたがってた。それに親父だって、本当は」

裕次郎は答えず、ただ笑顔のまま首を横に振った。

「そうか。まぁ、しょうがないか。また、そのうちな」

道太郎は肩から手を下ろすと、ヨロヨロと元いたボックス席に戻っていった。その後ろ姿に裕次郎は深々と頭を垂れた。

裕次郎は、カウンター内にいたバーテンに命じた。

「おい、あそこのボックスにドン・ペリを一本出してくれ。俺のおごりだ」

黒いベストに蝶ネクタイ姿のバーテンは、きびきびとした動きでセッティングし、慇懃《いんぎん》な姿勢でドン・ペリをボックス席に運んだ。

すぐに歓声が上がり、文字通りの坊主頭がヒョコヒョコとこちらを向いた。裕次郎は右手を振って、頭を下げた。坊主たちの拍手が返ってきた。

裕次郎はカウンター席に座りなおし、キャスターを一本抜き出してくわえた。火が近づいてくる。しかし細い銀のライターを持つ手は、無骨なヒロシのそれとは違っていた。顔を上げると、店をまかせているママの文香《ふみか》が隣にいた。ベージュのシャネルスーツ姿で、化粧は普段より幾分濃いめだった。

「社長どうしたの、お疲れみたいね」

「あぁ、すまん。ちょっと働きすぎだ、なんてな」

「んもう。ねぇ、今日は部屋に来てくれるの」

いきなりの誘いに、裕次郎は慌てた。断る理由をこじつけるためヒロシを探したが、傍にはいなかった。

「ヒ、ヒロシはどこ行った。あの野郎、俺のタマヨケ忘れたか」

「いいじゃないの。ヒロシ君はあそこのボックスよ。ほら、千穂子《ちほこ》ちゃんと一緒。いいわねぇ、若い子は」

裕次郎は文香の指さした方を見た。ヒロシが赤い顔をして、ショートカットの小柄な子と楽しげに話していた。

「なんだぁ、あいつらできてるのか」

「そうよ、あたしたちと一緒」

「えっ。いや、知らなかった。あの子は新人か」

「そう。いい子よ、千穂子ちゃん。純て言うのかな、まだ染まってないって言うか。売り上げもトップ争いの薫《かおる》ちゃんと好江《よしえ》ちゃんに次いで三番目だし、固定客も多いのよ」

「へーっ、大したもんだ」

裕次郎はもう一度ボックス席の二人を盗み見た。二人が醸《かも》し出す雰囲気はとても爽やかで、高級クラブという空間を忘れさせた。ヤクザのバシタという感じはまったくしない。まるでそこだけ小岩井《こいわい》農場の芝生の上で、レジャーマットを広げているかのようだった。

「ねぇ、それより社長。ううん、裕さん。御無沙汰《ごぶさた》じゃないの」

「えっ、いや」

ママの文香は誰もが振り返る美人である。東京の一流女子大卒で、丸《まる》の内《うち》のOLの経験もある。それがどういうわけか銀座のホステスに転身した。当然銀座でも売れっ子になったが、いろいろと人間関係の煩わしさに悩まされて郷里の花巻《はなまき》市に戻ってきていたのだ。

その話を聞きつけて、渡りに舟とばかりに裕次郎が直接スカウトした。三十一歳と店では最年長であったことと、銀座での経験を評価して店をまかせたのだ。そして部屋探しや引っ越しを手伝っているうちに、つい誘われるまま裕次郎は関係を持った。

「ねぇ、どうするの」

文香のうるみを帯びた瞳が妖《あや》しく光った。耳元で囁かれたことで、裕次郎の性欲のボルテージは、瞬時に高まった。裕次郎は慌てて手のひらの匂いを嗅《か》いだ。まだプールの匂いが残っていた。それこそが純だった頃の青春の匂いだ。

裕次郎は鼻の奥に居すわったシャネルを追い出すべく、激しくプールの匂いを嗅ぎだした。その匂いには裕次郎の性欲を鎮《しず》める作用があったのだ。

「ちょっと社長、どうしたの。それ何、新しいクスリかなんか」

裕次郎の異常な行動に、文香は呆気《あっけ》にとられた。すぐに裕次郎は正常に戻った。

「なんでもねぇよ。それよりクスリなんかにゃ手を出さねぇように、ちゃんと女の子たちを見とけよ。ウチの組、もといウチの社はクスリ御法度だからな」

「わかってるわよ」

黒沢組にはいくつか御法度がある。そのうちの一つが『クスリ厳禁』だった。高速交通網のせいで、近年はかなりの覚醒剤《かくせいざい》がこの地にも流れてきてはいた。だが黒沢組では総長の方針で、打たない売らない売らせないをモットーに、覚醒剤撲滅《ぼくめつ》運動に取り組んでいるのだ。

その取り締まりは警察よりも厳しかった。つまりは県内流入量のかなりの部分を水際で阻止していたのは黒沢組だった。しかしそんなことは、当然県民のほとんどが知らないことだ。

「ねぇ、今夜」

裕次郎は文香の頬に軽くキスして立ち上がった。

「まだ夜回りが残っているし、また今度にする」

「ううーん、今度っていつよ」

「えーと、水泳大会が終わったら」

「えーっ、裕さんが出て、泳ぐの？」

「ああ」

「素敵」

文香は立ち上がり裕次郎に抱きついた。胸の柔らかなふくらみと再び襲ってきたシャネルの香りに反応し、裕次郎は気づかれぬように腰を引いた。

「応援に行くから。ねぇ、行ってもいいでしょ」

「まぁ、それは」

「それが終わったら来てくれるんでしょ。そして今度はベッドで泳ぐの。二人でね」

「おっ、おう」

立ち上がった裕次郎に気づいて、急いでヒロシが寄ってきた。

「スンマセン、社長」

ヒロシは裕次郎におでこを突き出した。タマヨケの仕事をサボった罰に、叩いてくれということだ。

「このバカ」

拳骨《げんこつ》を握りしめた瞬間、ヒロシの肩口に千穂子の顔が見えた。千穂子は十字を切った後両手を合わせて祈っていた。何の祈りだろうか。ヒロシ君を殴らないで、か。それともヒロシ君が撃たれたり斬られたり刺されたりせず、無事でいられますように、か。いずれにせよ乙女の祈りの姿は、裕次郎の気持ちを静めた。

「さぁ、行くぞヒロシ。もう一軒残ってる」

「えっ、殴らないんすか」

「なんだ、殴られてぇのか」

「い、いえ、別に」

裕次郎は文香に投げキッスをし、兄たちのボックス席の盛り上がりを確認してから店を出た。

「いい子だな」

「えっ、いや、あのスイマセン」

「なーに、謝ることはねぇ。ウチの店は自由恋愛だ。それより、もしかして、あの子はクリスチャンか」

「ええ、何でわかるんすか」

「そうか。信じるもののある奴は強い。ちなみに俺も幼稚園はカトリックだった」

「ええーっ、社長がぁ。似合わねぇ。だって坊主の息子でしょ」

「てめぇ笑ったな。今度こそ殴るぞ」

「堪忍してくださいよ。あっ、ほらエレベーターが来ましたから」

その姿は誰が見たって、会社の先輩後輩ってところだ。百人のうち九十九人までが、そう言うだろう。だが正真正銘、二人はヤクザの親分子分なのである。

エレベーターが一階に着いた。

もう一軒回っておかなければならない店がある。通称年金キャバレー『枯野《かれの》』だ。裕次郎のほとんど閃きだけで始めた店だが、これも当たった。

いや閃きとはいっても、もちろん計算はあった。切っ掛けは一年前にヒロシが盲腸で入院した際に見た光景だった。元々頑健《がんけん》な体の持ち主で病院に縁遠い裕次郎が、物見遊山《ものみゆさん》気分で病院内をブラブラしてた時に、その光景は飛び込んできた。大病院の中庭で、入院患者たちが楽しげに声を上げて笑っていたのだ。その声に吸いよせられるように中庭に足を踏み入れた裕次郎だが、よくよく見ていたらその会話がほとんど一方的なものだということに気づいたのだ。話し相手は派遣されてきた付き添い婦の婆さんたちで、ただ笑顔を浮かべながら相槌《あいづち》を打っていた。その婆さんらを相手に、患者らはよく喋った。病気の悩みや家庭の不安。深刻そうな話なのに、話しているうちにどんどん表情が明るく変わっていくのだ。その光景がずっと脳裏に焼きついていた。そして四ヵ月前、これは商売になると気づいたのだ。

店で働くホステスの採用条件は、六十歳以上の話し上手聞き上手の婆さんであること。最高齢は七十七歳で、正真正銘の年金受給者だ。ホステスとは呼びがたく、中には人生の年輪ともいえる皺とシミだらけで、どう見てもボズデズと呼ぶしかないような婆さんもいる。

客は中高年が中心だが、中には二十代とおぼしき若者もいた。悩みを打ち明け、年長者の適切なアドバイスを期待する客。

自分の祖母を思い出し、昔話をせがむ客。また自分の亡き母を思い出し、親孝行できなかったことを涙ながらに詫《わ》びる不肖《ふしょう》の息子だった客。さらには長年連れ添った伴侶《はんりょ》に先立たれ、寂しさに駆られてやってくる老人。

客はみな、大なり小なり心に傷を負っていた。

ボズデズ、いやホステスたちは手慣れたものだった。話を聞き、語り、束《つか》の間の家族となる。疑似家族だ。

これが生き甲斐となって、すっかり若返った婆さんも多い。今まで家のやっかい者だった婆さんが、これを契機に一家の稼ぎ頭になった例もある。

婆さんらはみな日暮れを待って、いそいそと出勤してくる。手にした風呂敷包みの中身は、商売道具である衣装と化粧品一式だ。衣装は各自が勝手に選んだ物で、真っ赤なドレスが一番多い。女はいくつになっても女なのだ。

オープンの日など、一生に一度でいいからドレスが着てみたかったと呟く婆さんの身の上話に引き込まれ、みな貰い泣きして開店時間がその時点で二十分ほど遅れた。

追い打ちをかけるかのように、化粧をするのは何年ぶりだという話が出て、さらに貰い泣きした者が多数出たため開店時間がもう三十分遅れるというハプニングもあった。

だが婆さんたちは店ではとにかくよく笑う。

誰のドレスの胸元が一番大胆に開いているかと比べっこをした時など、優勝者のドレスはへその辺りまで開いていたのに、それでも乳首が見えていないと言っては大笑いした。

笑いすぎて入れ歯を飛ばした者、ひきつけを起こして救急車で運ばれた者もいたほどだ。

この店には現代社会の縮図があり、さらには高齢化社会のモデルケースがあると裕次郎は思っている。店側も客も、お互いを癒《いや》しあう空間だ。こんな形での高齢者の雇用など、今まで誰も思いつかなかったことだろう。

しかし同時に裕次郎は、現代社会の闇も感じていた。つまりはこの店が繁盛するということは、それだけ現代人が病んでいるせいだからだと。

大家族で暮らしてどこの家にも年寄りがいたり、また地域の中に元気で口うるさく面倒見のいい年寄りがいた時代だったら到底成立しない店だ。

つまりは裕次郎にとってそれだけ思い入れのある店であったことは確かだが、かといって自ら喜んで入るには気がひける。なぜなら裕次郎は、決して現代社会で病んでいる人間ではなかったからだ。

「ヒロシ。寿司屋で大トロやアワビ食った後に、納豆巻き頼む奴どう思う」

「別にオレ、納豆好きだからかまわないっすよ」

「バーカ。一般論だ。つまりな、俺『花園』行った後に『枯野』に行くの嫌なんだ」

「あっ、それだったらわかりやす」

「だろう。回り方間違えたぜ」

そう言った裕次郎の目が瞬時に険しくなったのに瞬時に気づいた。ヒロシは裕次郎の視線の先を追った。そこには柱に隠れるように寄り掛かっている男の姿があった。黒いコートで覆った体が発する気は、男がただ者ではないことを告げていた。

鉄砲玉か、とヒロシは身構え、内懐に手を差し入れた。そこには護身用のコルトが納められている。

ヒロシは一瞬のうちに覚悟を決めた。こういう時に親分を守ることが、自分に課せられたタマヨケとしての使命なのだ。そう思えば久しぶりに千穂子に会えたのも、なにか運命的な気がした。

撃つか、撃たれるかだ。覚悟を決めたのはいいが、ヒロシの体は思うように動かなかった。膝《ひざ》が小刻みに震えている。ええいままよ、と飛び出そうとした瞬間、ヒロシの肩は裕次郎の手で押さえられた。

「こりゃあ、前田《まえだ》の旦那。お久しぶりです」

「おお、なんだ、裕次郎じゃねぇか」

振り返った初老の痩せた男は、柔和な笑みを浮かべた。岩手県警のベテラン刑事、前田正助《しょうすけ》だった。

裕次郎が道を踏み外して以来、度々世話になった刑事で、温厚を絵に描いたような人情派の刑事だ。

「張り込みですかい」

裕次郎は辺りを気にしながら小声で囁いた。

「いやいや、そんな大したもんでねぇ」

前田は大げさに手を振る。

「俺はもう刑事じゃねぇんだよ」

「どういうこってす。定年にはまだ間があると思ってやしたが」

「挨拶もしねぇで悪かったな。実は今度、四月一日付で新設される県民課という部署に異動が決まってな。まぁ、定年も近くなってきたってんで、楽な部署に回してくれたんだべ」

「いいんですか、旦那。いつだったか、生涯一刑事って言ってやしたぜ」

前田はうつむきかげんで笑った。

「そのつもりだったども、まぁ、しょうがねぇ。これも宮仕えの辛いところだ。ついでといっちゃあなんだが、警部補にしてもらったよ。俺は嬉しくもなんともねぇよ。でもカミさんが喜んでんだ。恩給の額がアップするからだってよ。まぁたしかに、孫に小遣いやれるくらいの爺様にならなきゃって責められてるからな」

「そうですかい。昇進おめでとうございやす」

「よせよ、お前に頭下げられるほど偉くねぇんだから」

前田は本気で戸惑《とまど》っていた。裕次郎はその横顔にほのぼのとしたものを感じた。この人に何度世話になったことかと、裕次郎は考えていた。

懲役《ちょうえき》はまだ打たれたことはないが、何度か逮捕拘留《こうりゅう》されてきた。そのたびにうまく逃れることができたのは、自らの悪運の強さと、優秀な弁護士の力によるところが大である。しかしそれ以上に公明正大な捜査を行い、裕次郎の正当性を認めてくれた前田の旦那のおかげというのもあった。かといって別に手心を加えてもらったということではない。警察がおざなりな捜査をせず、きちんと当たり前に職務を遂行してくれたということだ。これが実際、なかなかそうではないのだ。

警察官も人柄であると、裕次郎は思っていた。キャリア官僚は言うに及ばず、叩き上げの警察官でも、偉くなると人が変わる。権力を自分が握ったと誤解するのだろう。そんなケースは山と見てきていた。だからあえて偉くなりたくないと宣言する警察官もいる。前田はそんな警察官の一人だった。

高校卒で派出所のお巡りさんからスタートし、捜査現場に移って数十年、雨の日も雪の日も最前線にいた男だ。黙々と現場を歩き、人の話に耳を傾け、目を皿のようにしてきた数十年間。

自分の息子ほど年の離れた上司の命令にも逆らわず、愚痴《ぐち》も言わずに結果を出してこられたのは強い男だからだ。事件の真相を知りたい。不幸な人を減らしたいという強い意志が前田を支えていた。

まさに警察官の鑑《かがみ》である。その強い意志が、笑顔の奥に隠されているのを知っていた。

「で、県民課ってのはどんな部署なんです。なんだか県庁の中で書類でも配付しそうな響きですけど」

前田は笑いだした。

「だべなぁ、俺だってそう思う。まぁ、簡単に言うと困り事相談の対応と被害者対策の推進、音楽隊などの広報活動、それに流行りの情報公開ってところだ」

「へーっ、音楽隊も。旦那、楽器できるんですかい」

「バカ。全部担当するわけじゃねぇ。俺の担当は困り事相談。正式には警察安全相談って言うんだがな」

「なんだか面倒くさそうだな。困り事相談だったら、みのもんたにでも頼んだほうがいいんじゃないんですか」

「ああ、本当にそう思う。課として正式にスタートするのは四月一日だがな、もうすでにけっこう相談が寄せられてんだよ。たしかに中にはそういうのも多いな。でも深刻なのもあるぞ。たとえばサラ金関係の相談、職場や近隣などの対人関係の相談とかな」

「あの、ウチは金貸しやめましたから」

「知ってるよ。お前のところは良心的だった。ヤクザとは思えないほどな」

「でしょ。ヤクザの風上にも置けないって言われて、それでやめやした」

ヤクザと警察の会話とは思えぬ内容に、二人揃って笑いだした。ヒロシだけがまだ緊張の抜けきらぬ顔で、傍に呆然《ぼうぜん》と立っていた。裕次郎は最初の疑問を思い出した。

「で、なんでここにいるんですかい。ははぁ、女待ってるな。やだね、歳くってからの色恋は」

「バカ、そんなんじゃねぇ。俺にそんな甲斐性があったら、とっくに別の道に進んでるだろうが」

「どうだかね。まぁ、いいや。せっかくだから飲みましょうや。立ち話も寒くていけねぇし。どこ行きます。このビルならウチのビルですから、どこでも御案内しますぜ」

「ウチのビルって。そうだったのか。あまり夜の街に出る機会もなくなってたから調べずに来たんだども。そうか。いやいやお前も大したもんだ」

前田は心底感嘆の声を漏らした。

「年金キャバレーってのも、お前の店か」

「そうですけど。やだな旦那。もうそっちのほうかい。枯れるのはまだ早いって。どうせだったら高級クラブのほうが」

「お前は相変わらず早トチリだな。気をつけろよ。切ったはったの世界じゃ、早トチリは命取りになることだってあるんだからな」

「へぇ、すいません」

裕次郎は首をすくめた。前田といるといつもこんな調子だ。はたから見れば、仲の良い担任教師と教え子に見えなくもない。

「しかし、お前が経営者なら話は早い。実はな」

と、前田は事情を話した。それはこういうものだった。

盛岡市内に住む二十七歳の女性からの相談で、姑《しゅうとめ》と夫についての悩みだ。嫁として家に入ったのはいいが、朝から晩まで家事仕事。その合間にはパートの仕事にも出ている。愚痴も言わずに家に尽くしているのに、姑はありがとうの一言も言わない。それどころか自分のことさえ認めてくれようとしない。さらには夫がリストラにあって失業し、毎日パチンコ屋通い。それを契機に勤めに出た姑はどういうわけか稼ぎがよくて、今じゃ一家の稼ぎ頭。当然以前より辛くあたられるようになって泣いている。夫も頼りなくて離婚を考えているが、どうしたらいいでしょうか、というものだった。

「へー、まるっきり、みのもんた向けの相談だな」

「たしかに俺もそう思った。こんな相談も県民課というセクションは受けなきゃならないのかと、呆れてため息が出たよ」

「ご同情いたしやす」

「だがよ。この狭い街の片隅に、こんなことでも悩んでいる人がいるのかと思ったらよ、なんだかほっとけなくってな」

前田はゴマ塩頭をポリポリと搔いた。

「まったく旦那も人がいいんだからよ。で」

「うん。連絡を取ったら、その嫁さん出奔《しゅっぽん》したらしくてよ。で、その姑の働いてる所ってのが、年金キャバレーなんだ」

「だ、誰ですかい」

「たしか、マツとか言ったな」

「いるよ、そういう名前の婆さん」

裕次郎は女将《おかみ》であるトメの報告を思い出した。たしか先月入ったばかりで、いきなり売れっ子のミユキやヨシコと並ぶ売り上げをあげたやり手の婆さんだ。裕次郎は腕組みをした。

「よし、旦那。とりあえず店に招待するぜ。さぁ、入ろう」

「いや、いきなりはまずいだろう」

「何言ってんだよ。俺にも責任があるんだから。さぁ行こうぜ。おいヒロシ」

「へい」

裕次郎が有無をも言わさず前田の右腕を抱え、ヒロシが左腕を抱えた。

「社長。これでアイスピックでも突きつければ、立派な拉致監禁っすね」

くだらない冗談だったが、前田の体は一瞬強張った。

「バカ。旦那に向かって何言ってんだ。しばくぞ、コラ」

「へい、すみません」

「ささっ、旦那安心してお入りくだせぇ。当店は明朗会計ですし、本日はスペシャルサービスデーで、県民課の方は無料でございやすから」

高らかな笑い声とひきつった笑い声が交じり合いながら、奇妙な三人組は重厚な木製ドアを押し開けた。

店内のチグハグな装飾とホステスの衣装に、前田は呆気に取られていた。和洋折衷《せっちゅう》どころか無国籍。いや日本をベースにした多国籍と言ったほうがいい。

前田は昔見た００７の映画を思い出していた。日本の雰囲気を出すためにそれらしい物を並べてはいたが、明らかに妙な雰囲気の部屋のシーンだ。たしか映画では畳敷きの部屋に風呂があった。

だがこの室内はそれをはるかに超えている。天井には豪華な天蓋《てんがい》とシャンデリアがぶら下がり、ベルサイユ宮殿のごとき華やかさがある。なのにボックスの仕切りは、それぞれ障子や唐風の衝立《ついたて》であったり、ペルシャ絨毯《じゅうたん》を無造作に掛けているところさえあった。

店内の照度に慣れて目を凝らして見ると、障子の間の上には、目立たないが懐かしい二《に》燭光《しょくこう》もぶら下がっている。

壁には立派な角を突き出したエゾシカの頭部が飾られ、それを挟むように掛かっている絵はヒロ・ヤマガタと横山大観《よこやまたいかん》。向かい側に飾られているのはロートレックと山下清《やましたきよし》の絵だ。

一つ一つ見ていけば高価な物が多い。なのにこのセンスの悪さはたとえようがない。それでも客は満足げな笑みを浮かべている。なかには夢見心地の体《てい》で、惚《ほう》けた顔つきのままソファーにもたれている客もいる。

客の入りもほぼ満席だ。なぜこんな店が流行るのか、前田にはわからなかった。前田の頭の中には、最近覚えたカオスという言葉が浮かんだ。

さらに驚いたのはトイレだった。春とはいえ、まだ夜は凍える寒さの盛岡である。柱の陰に身を隠し、入るべきか入らざるべきか悩んでいた前田にとって、優先順位一位の問題は小用だった。

したがって店に入るなりトイレに向かったのだが、明るく広く清潔なトイレに目を剝《む》いた。壁には曇りなく輝く銀色の手すり。車椅子でも充分なスペース。段差もなく、トイレに至る経路も緩やかで、まさに巷《ちまた》でいうところのバリアフリーそのものだ。

前田は唸った。なぜヤクザがこんなバリアフリーを意識した店の経営者なのだろうか。いや。前田は頭を振った。違う。バリアフリーを意識した店の経営者が、たまたまヤクザだったのだ。そうとしか思えない。

カタギの経営者でさえ立ち遅れているバリアフリーを、いち早く取り入れているのがヤクザ。この不可思議な事実の前には、警察で培《つちか》ってきた経験など何一つ通用しないのではないかと、前田は驚愕《きょうがく》していた。

しかし今真っ先に取り組まなければいけない問題は、目の前にいるマッという婆さんである。前田は丹田《たんでん》に力を入れなおし、婆さんの顔と対峙《たいじ》した。

顔面の厚化粧は想像以上だ。爪《つめ》で掻けば、五ミリはこそげ落ちるであろう。鮮やかな緑色のカクテルドレスを、着ているのか着られているのか。大きく開いた胸元からひび割れが二つ走ったような谷間が見えている。谷間の幅は広く、茶褐色のシミがぬかるみのように思えた。

そんな化け物のような婆さんを相手に、こともあろうに裕次郎は包み隠さず来訪の理由を告げている。

前田は慌てた。

物事を話す際には準備というものがある。落とし所に持っていくまでのテクニックというものがあるのだ。そしてそれは取り調べ担当の刑事として、三十数年のキャリアを持つ自分の武器だった。なのにそれが最初から無視されている。

これが裕次郎の性格なのだと諦めた。昔からストレートな奴だった。良いことも真っ直ぐだが、悪いことも真っ直ぐ。おそらく婉曲《えんきょく》ということを知らないのだろう。

前田はそんな裕次郎が好きだった。この男には小賢《こざか》しい策など通用しない。正面からドンとぶつかっていくしかないのだ。

前田の前にウイスキーの水割りと小鉢が置かれた。グラスは青い薩摩《さつま》切子で、コースターは黄色と白のパッチワークだ。小鉢は織部《おりべ》風で、中には山菜の煮物が入っていた。ふと前田はこの店の噂を思い出した。

店の料理は婆さんたちが交代で作っていること。そして器などは婆さんたちの趣味で揃えられていて、中には手作りの物もあるとか。

だとしたらこの店の内装も、おそらく婆さんたちの趣味なのだろう。一貫性がないのは意思統一に欠けるということだが、それはしょうがない。年寄りは本来わがままな生き物である。なのにほとんどの場合、それは常識や世間体の前で抑えられている。

それがこの店の中だけは違う。年寄りが好き勝手に振る舞っていい楽園なのだ。そしてそのハチャメチャの度合いは、人生においてどれだけ辛酸を舐《な》めてきたのかに比例するのだろう。

仏頂面《ぶっちょうづら》で話を聞いていたマツは、ここぞとばかりに口を開いた。

「まったくろくでなしの嫁でね。いつの間にか息子が連れてきちまったんだ。それでも式くらいは挙げさせなきゃ親戚や御近所の手前もあるからって言ったのに、いいからって。なんでもろくな身内がいないらしいんだよ。小学校の頃に両親とも亡くなって、親戚の間をたらい回しにされたらしくて。まぁ、可哀相《かわいそう》な境遇といえばそうなんだろうけど、無視してるのはあっちの方なんだから。そりゃあね、一流ホテルなんて無理だけど、それなりの式くらいは挙げさせたかったんだ。あたしにも意地ってもんがあるからね。連れ合いに先立たれてからあたしがどれだけ苦労してあの子を育てたか。片親だからと馬鹿にされないように塾にも通わせて、商業高校にも入れて、日商簿記の検定だって取ったんだ。パソコンだっていじれるんだよ。だからそれなりの普通の家庭の娘を貰いたかった。それが、ねぇ。さらにはリストラだもの。いえね、息子はいい仕事さえ見つかればきっと働きますよ。それなのに嫁ときたらまったく。恥ずかしいったらありゃしない」

物凄い勢いで弁明した後、マツは焼酎《しょうちゅう》のウーロン割りを一気にあおった。裕次郎はマツの主張の所々にカチンときながらも、冷静さを装って言葉を返した。

「しかしマツさんよ。嫁さんだって朝から晩まで働いてんだろう。パートにだって出て。だったらねぎらいの言葉の一つもかけてやったらどうだい」

「なに言ってんですか。朝から晩まで働くのは嫁として当たり前。あたしたちの時代なんか比べ物にならないくらいひどかったんだから」

「いやいや、それはおっしゃるとおりです」

裕次郎の声のトーンを察知して、前田は慌てて割り込んだ。

「でも、今の世の中、それじゃあ通用しません。社会が変わってしまったんです。それじゃあどこの家にも嫁は来なくなりますよ」

「ふん、出ていきたきゃ出ていけばいいいんだよ。あの家の中じゃ、あたしがルールブックなんだから」

マツは吐き捨てるように言った。

「いいんですか。お嫁さんは本気で離婚を考えてますよ。本当にそれでいいんですか。聞けば息子さんはお嫁さんにべた惚れだとか。いなくなったら、ますます駄目になったりしませんか」

「ふん、かまわないよ。あたしがついてるもの。だいたい結婚して三年たって、まだ孫の顔も見せちゃくれないしね。知ってるかい。昔は三年で子供ができなかったら、婚家を追い出されたもんなんだ。そろそろ潮時かもしれないしね」

マツの頑《かたく》なな姿勢に我慢しきれず、裕次郎はすかさず口を開いた。

「おいおいマッさんよ。そりゃねぇんじゃねぇの。古めかしい因習なんか持ち出したりしたら可哀相だろう。第一嫁さんは犬や猫じゃねぇんだ。欲しくったってできねぇ夫婦は世の中にいっぱいいるし、わざと作らねぇ夫婦だっているんだ。えっ、そんなことより嫁さんへの態度だぜ。少しばかり感謝の気持ちを持っても罰は当たるめぇ」

「ふん」

マツは鼻で笑った。こりゃダメだという諦めの表情を裕次郎は浮かべた。歳とった馬鹿は若い馬鹿よりも始末が悪いというが、まったくそのとおりだと思った。

目が合った前田は、黙って頷いた。裕次郎が沸騰する前に次の一手を考えねばと、将棋好きの前田が頭を捻《ひね》らせたその瞬間、店の扉が荒々しく開けられた。

凍えるような風と共に店内に入ってきたのは一人の女だった。

歳の頃は二十代後半だろう。臙脂《えんじ》色のセーターに黒革のコートを羽織り、下も黒革のスカート姿。いささか痩せ気味だが、プロポーションは悪くない。だが欠点を挙げれば、生活の疲れが全身にまとわりついていることだ。化粧をしていないせいか顔色も悪く、後ろで束ねた髪と額に垂れ下がった髪からは、痛々しいほどの疲労感が漂《ただよ》っていた。

「奥さん。どうして」

前田が立ち上がって絶句した。頭の回転の速い裕次郎は、瞬時に理解した。その女が、相談相手の嫁であろうと。裕次郎は体を斜《なな》めにして身構えた。それにはわけがあった。その女が持つ気迫だ。明らかに尋常ではない。譬《たと》えてみれば、それこそ身を捨てる鉄砲玉のような気迫が、その痩身《そうしん》から感じ取れたのである。

「お母さん。どうしてもあたしを認めてくれないんですね」

話を聞いていたかのような口ぶりにマツはたじろぎながらも、突き放した。

「当たり前だよ。なんでいまさら、手塩にかけて育てた息子を寝取った女なんかに頭が下げられるもんかい」

「そ、そうですか」

女は涙を流していた。

「ならば、あたしにも覚悟があります」

「覚悟。ふん、離婚だったら勝手にしなよ。そのほうがせいせいする」

さらに追い打ちをかけるマツの悪口に、女は明らかに切れた。

「死にます」

叫ぶなり女は前田が座るソファーの上に立ち上がり、革のコートの懐から白いタオルに包まれた細長いものを取り出した。

タオルがハラリと落ちると、それはシャンデリアの灯に照らしだされてギラギラとした輝きを見せた。よく磨《みが》かれた刺し身包丁だった。

それまで何事かと息を呑んでいた客たちも、一斉に慌てだした。

「死にます。お母さんを刺してから、あたしも」

客はどよめいた。

「待て、待て。早まるんじゃねぇ」

裕次郎はマツの前に立ちはだかった。

「どいてください。こうするより他にないんです」

「いや、他に道はいくらでもある。第一こんな婆さん殺してどうなる。いや殺すというなら止めねぇが、あんたまで死ぬことはねぇぜ」

「うげっ」

　奇妙な声を発して、マツは裕次郎の背中を見上げた。

「いえ、死にます。お母さんを殺したら、あたしだって生きていられません」

「本当にそれでいいのかい」

　裕次郎のドスの利いた低音に、女は戸惑いの色を見せた。

「あんた、自分の人生を考えてみたか。おそらく苦労して旦那と一緒になったんだろう。小さい頃に親を亡くして、やっとできた家族だったんじゃねぇのか。なのに幸せも束の間で、毎日毎日暮らしに追われる日々だったんだろう。いいことなんてこれっぽっちもなかったんじゃねぇのか。それで人生を終わらせてしまっていいのかよ。あまりにも悲しくはねぇか。自分という存在を世に送り出してくれた神様に申し訳なくはねぇか。俺だったら耐えられねぇな。だってそうだろう。この国ではどんな人間にだって、幸せに生きる権利があるんだぜ。それに可能性だってあるんだ。あんたまだ二十七歳だってな。若《わけ》ぇよ。よく見ればあんた、けっこう美人だぜ。どうだい旦那と離婚してウチのクラブで働かねぇか。えっ、あんたなら高給取りになれるぞ」

　裕次郎の凄味《すごみ》の利いた説得に、一瞬女はたじろいだ。

「び、美人って。あたし美人ですか」

「ああ。生活の疲れが見えてるけど、磨けば光る。俺の目に狂いはねぇ。おそらく美容院なんて、何年も行ってねえんじゃねぇのか。ちゃんとした化粧をして、バリッとした恰好《かっこう》すれば、かなり映えるぜ。なあ、ヒロシ」

突然話をふられて、ヒロシは慌てて頷いた。

「そ、そうっすよ。美人っす」

「美人なんて、初めて言われた」

そう呟くと女はいきなり声を上げて泣きだした。身を震わせてシャンデリアに照らしだされる泣き顔は、たしかに男心をそそるものがあった。か細く咲いた、一輪の野の花のようでもあった。

だがその手には、まだしっかりと刺し身包丁が握られている。

「さぁ、そんな物騒《ぶっそう》なものはよこしな。あんたには似合わねぇぜ」

「いやーっ」

手を伸ばしかけた裕次郎を、女の声が制した。

「もう後戻りはできません。あたしは生きている価値のない人間なんです。存在さえ認めてもらえない人間なんです。決めたんです、死ぬって」

「えーい、まったくわからねぇ女だな。いいか、決めたことなんて白紙に戻しちまえばすむことだ。白紙だよ、白紙。最初から何もなかったことにすればいいだけの話だ。世の中にはいくらでもあるぜ。あんたは人生まるごと白紙にしちまえばいい。どうでぇ白紙ついでに、本気で水商売やらねぇか。あんただったら月収百万円以上は稼げるぜ」

「ひゃ、百万」

　女は明らかに動揺の色を見せた。

「ああ、ホステスで百万。もしソープで働くっていうなら三百万はいけるぜ」

「さ、さ、三百万。あ、あ、あたしにそんな価値が」

「おう。人にはそれぞれ価値があるんだよ。だけど悲しいかな、自分自身の価値ってわからねぇもんなんだ。それに人の価値を金に換算するなんてのは、本来良くねぇことなんだろうよ。まぁ、俺みてぇなワルと保険屋の専売特許だろうな。でもよ、自分が生きる価値のねぇ人間だなんて絶対に思っちゃいけねぇぜ。うーん、たとえば自殺を考えた男がいるとする。その男が冥土《めいど》の土産にとソープランドに行ったと思え。そこでその男の担当になったのが、あんただとする。あんたの誠意あるサービスと卓越したテクニックで、男はお殿様気分になって生きてることの素晴らしさを知り、もう少し生きてみようかと考え直すかもしれねぇ。その時あんたの価値はというと、一人の男の命を救った分、価値のある人間ということにならねぇか。えっ。俺は頭が悪いから譬え話は苦手なんだけどよ、なんとなくわからねぇかなぁ」

「わかります、わかります。でも、もう」

女は再び身悶えした。しゃくりあげるたびに肩が大きく揺れた。緊張感が頂点に達し、立っていられなくなったのか、女はソファーにへたり込んだ。しかしそれでもまだ刺し身包丁は離さなかった。同じ高さの目線になった前田が、女の耳元でゆっくりと囁いた。

「奥さん、一番大事なことを忘れてるんじゃないのかい。今あんたが死んでしまったら、お腹の赤ちゃんはどうなるんだ。赤ちゃんはあんただけのものじゃないはずだよ」

「お腹の赤ちゃん」

ソファーからずり落ちて床に座り込んでいたマツがピクリとした。

「あ、あんた、赤ちゃんがいるのかよ」

裕次郎の問い掛けに、女は嗚咽《おえつ》を漏らさぬように下唇を嚙《か》みしめながら頷いた。その痩身は世の中のすべての不幸を背負ってしまったようにわなないていた。あまりにもいたいけな姿に、裕次郎の心の奥底にある正義感が瞬間沸騰した。

「おい、聞いたかクソ婆《ばばあ》。てめぇの汚い片意地のせいで、二人も命を絶とうとしてるんだぜ。なんとか言え。いーや、詫びろ」

凄味を利かせた裕次郎の怒鳴り声に、店全体が凍りついたようになった。

「てめぇはたしかに世の中のさまざまな敵と戦ってきたんだろうよ。それは偉かった。大したもんだぜ。立派に息子を育て上げたんだからな。でもな、自分より不幸そうな人間を見た途端、てめぇ自身が偏見を持っちまったんだよ。とりつかれちまったんだ。わかるか」

マツは顔を上げた。その顔は能面のような表情のまま固まっていた。

「人を見下したら終わりだ。それこそ人でなしだぜ。この人にだって幸せになる権利がある。それを邪魔してんのはてめぇだ。いいか、今和解せずにいつ和解できる。今てめぇが折れなきゃ、確実に地獄行きだぜ。坊主の息子の俺が言うんだから間違いねぇ。それとも何かい、この可哀相な嫁に代わって、俺が引導渡してやろうかい」

裕次郎は言うやいなや、女の手から素早く刺し身包丁を奪い取った。女の手には抗《あらが》う力は残されていなかった。

「待て、早まるな裕次郎」

前田は裕次郎を制して、マツの横にしゃがみこんだ。マツは目を見開いたままだった。そしてその視線の先は、女の腹部だった。

「孫だよ、あんたの。待ちに待った孫じゃないのかい。うれしい出来事じゃないか。なのにこんなうれしいことさえ伝えられないほど、この嫁さんはまいってしまってたんだよ。

ずーっと悩んでたんだろうな。ストレスが溜《た》まっていっぱいいっぱいのところに赤ちゃんができたんだ。今日の出来事だって、よくある妊婦のノイローゼみたいなものなのかもしれないし。なぁ、もう許してやんなさいよ。いや、裕次郎が言ったように、許してもらうのはあんたのほうかもしれんがな」

前田が言い終わらぬうちに、マツは言い返した。

「謝らない。謝ってたまるもんか」

その言葉は微かに震えていた。

「あんた」

「謝ったら、あたしの人生を否定することになる」

マツは呟くと、ゆっくり這《は》うようにして嫁の足元に近づいた。そして二つの細い足首を両手で摑むと、いきなり号泣した。

「あああああぁぁぁぁ」

泣き声が店内の隅々にまで行き渡るようだった。一部始終を見ていた客の間から、思わず貰い泣きの声が聞こえだした。

その瞬間ざわつく客の間を縫《ぬ》うようにして駆け寄って来たのは、店をまかされているトメだった。純白のドレス姿のトメは、長いモップの先のようなヒラヒラがついた袖を優雅に振りながら客たちに告げた。

「さぁさぁ、これにて本日のショータイムは終了でございます。『枯野』名物、突然ショータイム。本日の出し物は、『愛憎の嫁姑物語その一』でございました。いかがでしたでしょうか。次回公演は未定でございます。いつやるかわからないのが売りでございますので、お客様どうぞ足繁《しげ》く通っていただいて、次回をお見逃しなく。さぁ、それでは出演のマツさんとアマチュア劇団の皆さんに盛大な拍手をお願いいたします」

その一言で、店内を包んでいた緊張感が一気に緩んだ。さすがは年の功と言うべきか、トメの見事な機転だった。

客たちの間に拍手が沸き起こり、笑い声さえ上がりだした。迫真の演技だったという絶賛の声もあちこちで聞かれた。すぐにクシャクシャに丸められた千円札や五千円札が、裕次郎たちに向けて投げられた。おひねりだった。

トメは腰を曲げたまま、客たちの間をペコペコと頭を下げて回った。裕次郎はトメの咄《とっ》嗟《さ》の機転に心から感謝した。刺し身包丁をテーブルに置いて振り返ると、トメと目が合った。トメはうれしそうに笑いながら、その細い目で妖艶《ようえん》にウインクをした。裕次郎は感謝しつつも、背筋が寒くなった。どうやらもう一度『花園』で飲みなおしたほうがよさそうだ。

店内に活気が戻り、ボズデズたちがまた忙しそうに行き交いだした。その店のど真ん中では、前田とヒロシの陰に隠れるようにして、嫁と姑が泣いていた。

「子は鎹《かすがい》って言うけど、本当だぜ」

裕次郎は吐くように呟いた。

6

人気のない公園のブランコに揺られながら、美咲は今日こそショウタくんに聞いてみようと考えていた。

ここは美咲の住む高級住宅地とは道を一本隔てた住宅地の公園である。公社が開発した宅地だけに、この辺りにはいわゆる標準的なサラリーマンが多く住んでいる。

猫の額よりはわずかに広いと思われる公園には、ブランコやジャングルジムといった遊具が、窮屈に集められていた。

美咲は隣で揺れているショウタくんの色白の横顔を盗み見た。無邪気な笑顔を浮かべている。ショウタくんのお父さんは、食品会社の営業マンだ。転勤の多いサラリーマンらしく今も単身赴任で、金曜日の夜になると帰ってくるのだという。

美咲はショウタくんの純真さが好きだった。賢い美咲にとってそれは、馬鹿とほとんど紙一重という意味ではあったが、どこかしら惹《ひ》かれる魅力があった。

幼稚園では同じヒマワリ組で、美咲が他の子にいじめられそうになると、いつも助けにきてくれるのがショウタくんだった。

「ねぇ、ショウタくん」

「うん。なーに」

「あのさぁ」

美咲は言いよどんだ。他から見れば、モジモジしている女の子に見えるかもしれない。しかし美咲は、そう思われることが大嫌いな子だった。

「あのね。うちのパパとママって、なんか変じゃない?」

「えっ、べつに」

「そう。そうかなぁ」

「うん。変じゃないよ。カッコいいパパだし、ママだってきれいじゃん。うらやましいくらいだよ」

「本当に?」

美咲は疑わしさを隠しきれずに聞いた。

「うん。ボクのパパなんてハゲだし、ママはデブだもん。運動会で美咲ちゃんのパパを見たボクのママなんて、素敵ってため息ついてたくらいだし」

「うーん、そういう話じゃなくって。ねぇ、クリスマスの献品バザーにショウタくんちで何出したの」

「んーと、たしかタオル二本」

「でしょう。普通はそうだよね。聞いてよ、うちのパパなんてヴィトンのバッグとフェンディのポーチ出したのよ。ねぇ、信じられる」

「ビドン。それなぁに」

「知らないの、ヴィトン。高級ブランドよ」

美咲は呆れた。でもそれが自分の年代では当たり前のことなんだと瞬時に悟った。

「高いやつなんだ」

「そうよ。だからビックリした先生たちが、こんなのバザーに出せないからって自分たちで買うことにして希望者をまとめたんだって。そしたら先生たち全員よ。あのとぼけた園長先生や、怖い教頭先生も一緒になってあみだくじして購入者を決めたんだって。だから値段はわからないけど、先生たちの誰かが手にしたんだわ」

「そんな高いやつタダで出して、美咲ちゃんち大丈夫なの」

ショウタくんの返答は美咲の予想通りのものだった。

「知らないわよ。献品バザーも締め切りの日にマサコさんが気づいて、慌ててパパに言ったの。ママは一時限目の講義があるからって早出でいなかったから。そしたらパパったら勝手にママのクローゼットの中から、同じのがいくつかあるからこれでいいだろうって。ブランド物を無造作に紙袋に詰め込んだのよ。あたし、実の娘ながら信じられなーい」

「ふーん」

ショウタくんは何事か考えてる様子で、足をブラブラさせた。

「そのバッグも高いやつなんだ」

「えっ」

ショウタくんは美咲が肩から下げた、クレージュの水色のポシェットをじっと見ていた。

「あっ、これ。これはパパの外国旅行のおみやげ」

「美咲ちゃん、いつもそれしてるよね。ブランド物なんだって、ママが言ってたから、高いんでしょ」

「高いかどうかわからないけど、大事にしてるポシェットなの」

「そうか」

ショウタくんはその答えだけで納得した。

「だったら、いいんじゃないの。いるもの、いらないものって、人や家によって違うんだよ。たぶんね。高いバッグも、パパにとってはいらないものだったんだよ。ボク、美咲ちゃんちのパパって、遊びにいくと一緒にサッカーしてくれたりゲームしてくれたりするから、好きなんだ」

「そう」

「うん。ボクのパパなんていつも疲れてて、帰ってくれば寝てばかりだもん。サッカーの相手だってしてくれないもん。美咲ちゃんがうらやましいよ。幸せだもの」

「そうかなぁ」

「うん」

そう答えると、ショウタくんは思い出したようにブランコから飛び降り、ジャングルジムに走って行った。勢いよく駆け登るショウタくんを見つめていると、夕焼けの中から声がした。

「あら、美咲ちゃん」

沈み行く太陽を背にして、一人の女の人が立っていた。買い物袋のようなものをぶら下げているその女性が、美咲は誰なのかわからなかった。

「どうしたの、ブランコのおばちゃんよ」

近づいてくるその声で、美咲はやっと気づいた。

いつも一人でブランコに乗っているおばちゃんだった。肩を落として寂しげで、おまけにブランコの金具までキーキーと悲しげな音をさせているおばちゃんだ。初めて見た時は夕陽の中で孤独な塊となっていた。まるで世界中の悲しみを膝の上に乗っけて、癒《いや》すようにブランコを漕《こ》いでいたおばちゃん。

いつしか会話を交わすようになったが、自分にとっては同世代とはできない大人の会話のできる相手だった。逆におばちゃんは、自分のような子供相手にしか本音を吐き出せない可哀相な人だった。

なのに今日のおばちゃんは変だ。明らかにいつもと違う。まるで別人のように明るかったのだ。

「ブランコのおばちゃん、どうしたの。何かいいことがあったの。とってもうれしそうだよ」

美咲の問い掛けに、ブランコのおばちゃんは笑顔で答えた。満面の笑みを浮かべ、踊るように近づいてくるおばちゃんは、いつもの見かけよりも十歳は若く見えた。おばちゃんと呼ぶのははばかられるほどのお姉ちゃんに見えたのだ。

いつもぶら下げているピラピラの買い物袋だって、なんだかブランドバッグのように堂々として見えるのが不思議だった。

「やっぱり、わかる。えへっ。実はとてもいいことがあったのよ。ねぇ、聞いてくれるかなぁ」

「うん、いいよ」

おばちゃんはいつものように隣に座ると、いきなり足を高く上げて揺れだした。

「あのね、おばちゃん、神様みたいな人に会ったの」

「えーっ、神様みたいな人」

突然おばちゃんは何を言いだしたのだろうかと、美咲は心配になった。悲しすぎて、頭がおかしくなったのかもしれない。それとも、もしかして変な宗教に入信してしまったのかもしれないと、小さな胸を震わせた。

「そうなの。その人は若くて二枚目で、とても素敵な男性だったわ」

美咲は、いよいよおばちゃんがおかしくなったんじゃないのかと思った。おばちゃんはかまわず話を続けた。

「その人がお姑さんとの仲をとりもってくれたの。それに主人にも仕事が見つかったのよ。きっとそれも、その人のおかげだわ」

「へーっ、よかったね」

「うん」

ブランコのおばちゃんは少女のような、無垢《むく》な笑顔を返してきた。

「それがね、聞いてよ、笑っちゃうんだから」

ブランコのおばちゃんは自分の口に手を当てて息を呑んだ。気分が悪くなったのかと思ったのは美咲の勘違いで、おばちゃんはいきなり笑い声を上げた。こんなふうに笑う人だったのかと美咲は驚いていた。

「ごめんなさいね。だって、あまりにもおかしいんだもの。あのね、うちの主人たら、いつものようにパチンコしてたんだって。そしたらいつの間にか自分の両側に、黒いスーツを着た怖そうな男が二人立ってたんだって。それで名前を聞かれて、そうだと答えた途端に両腕摑まれて事務所に連れてかれたんだって。主人も最初は不正を働いた客と間違えられたんじゃないかと思って、身の潔白を証明しようと必死になったらしいの。そしたらね、いきなりパソコンの前に連れて行かれて、これできるかって聞かれたんだって。それで見たら、なんと自分が以前いた会社で使ってたソフトと同じものだったらしいの。だからハイって答えた途端に、採用決定ってなったんだって。おかしいよねぇ」

ブランコのおばちゃんは本当に楽しそうに笑っていた。美咲はほとんど初めて見るといっていおばちゃんの笑い顔に、少々戸惑いながらも頷いていた。

「主人もね、やる気出してるの。なんでも扱う金額が、前にいた会社とケタ違いだって張り切っちゃってるの。なんだかトントン拍子に行って、怖いくらいなのよ」

そう言いながらも、おばちゃんは幸せを嚙みしめているように見えた。

「よかったね、おばちゃん」

「うん」

そう答えたおばちゃんの目は潤んでいた。

「あたしね、ずっと自分は不幸な星の下に生まれてきたんだって諦めてた。生きる価値もない人間なんじゃないかってね。そう思うことが楽だったのよね。でもその人は教えてくれた。あたしにも生きる価値はあるって。それだけであたし、生きられるって思ったの。その言葉を宝物のように、自分の心の中にある宝石箱の中に置いて生きていこうと思ったの。ううん、決して楽なことでないのは重々承知しているわ。でもね、その人はあたしに希望をくださった。それだけであたしは頑張れる」

美咲は初めてブランコのおばちゃんを美しいと思った。いつもの敗残者のような影は、どこにも見当たらなかった。

ブランコのおばちゃんは舞台女優のように真っ直ぐ背筋を伸ばして立ち上がった。

「美咲ちゃん、もう一つニュースがあるの。実はね、おばちゃん、お母さんになるの」

「えっ」

聡明な美咲は即座におばちゃんの腹部に目を向けた。

「赤ちゃんができたんだね。おめでとう、おばちゃん」

「ありがとう」

微笑《ほほえ》むブランコのおばちゃんは、幼稚園にある聖母マリア像のように輝いていた。

「きっと立派な子を産んでみせる。そう、美咲ちゃんのような賢くて可愛い女の子を」

おばちゃんの目からは一筋の涙がこぼれた。その涙が夕陽に輝いて、本当におばちゃんはマリア様になったかのようだった。

「おばちゃん」

夕陽に浮かぶおばちゃんの肩の向こうに、いつの間にかショウタくんが立っていた。

「あのね、ボク知ってるよ。赤ちゃんてさ、アホウドリが運んでくるんだよね」

「違うよ。それを言うならコウノトリでしょ」

「あっ、そうだっけか」

そのやりとりを聞いて、おばちゃんは泣きながら笑いだした。美咲も知らぬ間に涙があふれてきた。うれしくっても涙が出るんだということを、この瞬間に美咲は知った。

2 章

1

四月に入った。四月という響きは、誰が聞いても暖かな春を連想させる。だが、ここみちのく岩手では、それはまだごく浅いものだ。

山々の残雪は五月に入ってもその姿を消そうとはしないし、実際まだスキーを楽しんでいる連中もいる。

桜の蕾《つぼみ》もまだ固く眠ったままだ。桜前線はまだ関東の辺りで、この地方にやってくるのは四月も下旬になってからのこと。その分この北東北では、ゴールデンウィークに合わせて花見を楽しむことができる。

外はまだ寒く、厚手のコートを着ないまでも、外出には持ち歩かなければならないほどだ。それでも日中の最高気温が、昨日やっと二桁《けた》になったとテレビのニュースキャスターが微笑みながら告げていた。

　盛岡の地には毎年十一月上旬にシベリアから白鳥が飛来する。越冬地は雫石川の東北新幹線の鉄橋下、北上川の明治橋付近と館坂《たてさか》橋付近、そして高松の池である。その白鳥たちも、数日前から小さな群れを形成して旅立ちはじめた。白鳥たちは人間よりも確実に早く春を嗅ぎ取っている。

　外の様子がどうであれ、ここは別世界だった。

　北上川に架かる夕顔瀬橋の下流沿いにある夕顔瀬スイミングクラブ。ガラス張りの館内では、色とりどりのスイムウェアを身につけた老若男女が、水しぶきを上げて行き交っている。館内にこだまする声はみな明るく潑剌《はつらつ》としている。

　夕顔瀬スイミングクラブの中は、常に三十度近くに保たれている。外気温との差は、実にこの時期でも二十度はある。黙って見学している分には汗も噴き出すが、泳いでいるほうにとっては快適そのものだった。

　なにより泳いでいる人々は皆、なにかしら目的を持っている。それは痩せたいとか体力をつけたいとか人それぞれだ。男も女も目的があれば、ただその目的に向かって黙々と与えられたメニューをこなしていればいい。それがスイミングクラブだ。

やがて日が落ち、プールサイドのデジタル時計が7：00PMを表示すると、広いプール内に人影は六つほどになった。

スイミングクラブの対抗戦まであと十日を切り、今日はチームにとって初めての合同練習の日であった。もちろん今日までの間、中村が作った練習メニューを各自こなしてきてはいた。

裕次郎はこの日ロビーで、神村《かみむら》という大学生を紹介された。身長は170センチそこそこで、大学では自転車競技部に所属しているという。少々体の線の細さが気になったが、トライアスロンに挑戦するつもりで通っているというからには、隠された鋼《はがね》の筋肉の持ち主なのだろう。中村は神村を第一泳者に考えていると言った。

さらにロッカールームで中村から紹介されたのは、加山《かやま》というメガネをかけた三十代半ばの男だ。岩手県庁の医療局に勤める公務員で、かなりのベテランスイマーのようだ。身長は170センチに少し足りない。デスクワーク中心の生活をしているということで少々太り気味ではあったが、意外と腹は出ていなかった。中村は加山を第二泳者にしたいと告げた。

プールサイドに胡座《あぐら》をかきながら、裕次郎は彼らの泳ぎを見ていた。そしてすぐに二人の欠陥に気づいた。

神村はトライアスロンを目指して鍛えているだけに、筋肉の付き方がスイマーとは違っていた。脚部の筋量が多いせいで、下半身が沈みやすくなっている。それなのに大きくキックしているので、無駄な抵抗をつくり出していた。それ以外にも直す点は多々あった。

一方の加山は典型的な遠泳タイプだ。若い神村のような爆発力は期待できそうもないが、その分マイペースという安定感はあった。おそらく五回泳いだら、五回とも同じタイムを出せるタイプだろう。だがこれでは短距離勝負には到底勝てない。

3コースのスタート台に立った中村がホイッスルを吹いた。集合の合図だ。裕次郎も立ち上がり、中村のところへ向かった。その時、一人の男が入ってきた。中村は苦笑いしながら男を手招きして紹介した。

「大島《おおしま》君です。中学校の体育教師です」

男はペコリと頭を下げた。身長180センチはある、ガッシリとした筋肉マンだ。だが立派な体格をしている割に、キョロキョロとした目が落ちつきのなさを感じさせた。裕次郎はなぜかその顔に見覚えがあった。しかしすぐには思い出せない。もしかしたら店の客かもしれないと思った。

「大島君は僕の大学の後輩ですけど、専門はバスケットボールです。彼には第三泳者をお願いしようと思ってます」

あらためて中村は四人の顔合わせをした。裕次郎はアンカーだと告げられた。そして中村は裕次郎の名前を、旧姓の上野で紹介した。小さな会社を経営している、友人の上野裕次郎さんです、と。

小さなという言い方だけは余計だが、これには中村なりの配慮があった。にこにこフィットネスクラブの後ろについているのは熊坂組である。どこからか選手の情報が漏れるかもしれない。その時に黒沢の名前が伝わるかもしれないと考えたのだ。それならいっそのこと上野の名前を出したほうがいいのだ。かつては東北水泳界の頂点を極め、そして彗星《すいせい》のごとく消えていった男の名を覚えている者がいるかもしれない。その者にとっては脅威《きょうい》として伝わるだろう。もっともメンバーに選んだ他の三人は、当然上野裕次郎の名前を誰一人知らなかった。

裕次郎が紹介された際には、皆が一斉にボディースーツを指さして笑った。大げさな男にでも見えたのだろう。だがそれがイアン・ソープ用の試作品だと知ると、今度は羨望《せんぼう》の眼差しで眺めだした。やはりイアン・ソープの名前の効果は絶大だ。

なかなか期待できるメンバーが揃ったと、中村は自画自賛していた。

先日の打ち合わせで、大会会場がこの夕顔瀬スイミングクラブに決まったことも大きかった。サッカーではないが、やはりホームのほうが気持ちのうえで戦いやすい。

もっとも選ばれたのには明確な理由がある。ズバリここだけが50メートルプールだからだ。民間では唯一の屋内公認50メートルプールで、適度な水深もある。これは非常に大事なポイントだった。

国際大会で使われるプールは、水深が2・4メートルもある。これは重力波などの影響を考えてのことだ。さすがにそれほどの水深はないが、夕顔瀬スイミングクラブのプールは、スタート台周辺が1・6メートルと深めになっている。これに対して日本の一般用プールは、ほとんど水深1・2メートルが普通である。

ほかのクラブは元々健康ブームに乗って始めたクラブである。トレーニングジムやエアロビのスタジオとして開設されたもので、プールの重要性などは二の次だったのだ。急激な都市化に伴うスペースの問題もあって、どこもキッキッの25メートルプールである。観客席の雛壇《ひなだん》も用意されていない。

その点、夕顔瀬スイミングクラブには敷地の広さに加え、格式と伝統があった。なんといっても経営者の中村家は、先祖代々南部藩に伝わる古式泳法岩鷲流の奥義継承者なのである。北上川に夕顔瀬橋が架けられたのは明暦《めいれき》二年（一六五六年）。その当時中村家は橋の下流の一帯を領地として南部藩主より賜《たまわ》った。藩士の水練場としての管理をまかされたのである。その土地が今に生きている。

つまりは元々が水泳道場的要素の極めて濃いクラブなのだ。老舗中の老舗といってもいいだろう。ただ時代の流れに抗《あらが》うことはできず、今ではエアロビやボクササイズというフィットネスのコースも当然併設してはいるが、なにより水泳なら夕顔瀬というイメージが地元には定着していた。それが経営者にとっては揺るぎない自信でもあった。

しかし不安要素もある。このクラブの会員だった頃には、少なくとも加山よりは速く泳いでいた山辺《やまべ》という男を引き抜かれたことだ。山辺は今、にこにこフィットネスクラブの会員である。当然選手として出場するだろう。正直言って痛かった。さらに、にこにこフィットネスクラブでは、凄腕のコーチ兼選手を連れてきたとの噂もあった。

だがいちいち心配していてもきりがない。大会までは泣いても笑ってもあと十日なのだと中村は腹をくくった。

そして今日の合同練習となったわけだが、各選手は数週間、それぞれ中村の指示したトレーニングメニューを順調にこなしてきていた。

裕次郎には、あえて特別な指示は出さなかった。すでに出来上がった選手だからだ。裕次郎には好きなように泳いでもらい、昔の勘を取り戻してもらうだけで充分だったのだ。

裕次郎を除く三人に教えることが最低限ふたつ残っていた。スタートとターンだ。

競技は一人100メートルずつ泳いでのリレーで行われる。50メートルプールだから、当然一回ターンしなければならないし、またスタート時のタイムロスも防ぎたかった。裕次郎は問題なしだし、大島もまずまず合格点は超えていたが、残る二人にはまだまだ改良の余地があった。

１００メートルの泳ぎの速さだけで選んだメンバーである。本当は他にも何人か速く泳げる水泳経験者の会員はいたのだが、仕事の都合がつかなかったり家庭の事情で断られた。なんとか出場してくれる会員の中でのベスト4を揃えたのだ。

神村の場合はトライアスロン用に水泳を始めたわけだから、スタート台もターンも経験がなかった。加山もいわば遠泳タイプなので、この部分の練習はまともにしたことがなく自己流だ。だから中村は、今日はとりあえずスタートを教えるつもりだった。

中村はスタート台の近くに三人を集め、スタートの基本を話した。

スタートは基本的に二つの型がある。グラブスタートとパイクスタートである。違いは飛ぶ軌跡と入水の深さだ。グラブスタートでは矢のように飛び込むため軌跡が低く、入水は浅くなる。これに対してパイクスタートは上方に蹴りだすように飛ぶため軌跡が高く、また最高点で体をくの字に曲げるため入水は深くなる。短距離のクロールの場合は、浅い入水ですぐ浮き上がり、泳ぎに入ったほうがよい。したがって一般的にはグラブスタートが有効とされている。

中村は一度手本を見せた後、それぞれに練習させた。

しかしさまになっているのは大島だけだった。若さにまかせて飛び込む神村は、距離をかせごうという意識が働くのかパイクスタート気味になる。平泳ぎやバタフライならこれでもかまわないが、クロールの場合はタイムロスにつながる。おまけに腰を曲げたまま入水するので、その瞬間太股《ふともも》を打ち痛い思いをすることになる。

加山の場合は最悪の腹打ちだった。これでは痛いだけでなく、スピードまで殺してしまう。入水点が一点になるようにする意識が欠けているせいだった。

どう修正しようかと思い悩んだすえに、中村はプールサイドで胡座をかいていた裕次郎を呼んだ。

「なんだ、トミー」

「ちょっと裕ちゃん、ここではその呼び名は止めてよ。みんなの手前もあるんだから」

「そうだな。悪い悪い。で、コーチ、なんの用でしょうか」

「うん。ちょっとスタートの手本を見せてほしいんだ」

「俺が」

裕次郎はキョロキョロと辺りを見回した。

「そう。見ててわかったと思うけど、神村君と加山さんはイメージができていないみたいなんだ。だから裕ちゃん、目の前で見せてやってよグラブスタート」

「えっ、グラブスタートって俺あまり得意じゃないぜ。俺、トラックスタートだからよ」

「あっ」

中村は思わず声を上げた。そうだった。裕次郎が近年国際大会で主流になりつつあるトラックスタートを、すでに十年以上も前から取り入れていたことを思い出したのだ。

トラックスタートとは名前の通り、陸上競技のスタートのような飛び出しである。グラブスタートやパイクスタートが台の上で両足を揃えるのに対して、こちらは片方の足を引いて後方に体重をかける。スタート台を後方へ引っ張るような感じで握り、スタートの合図の瞬間、手で台を後方に押し出すようにして飛び出すのだ。その瞬間の両足は不揃いだが、入水の瞬間までに両足は揃う。実に野性的でダイナミックなスタートだ。

これは使えると中村は閃いた。若くてまだ自分の型ができていない神村には、トラックスタートのほうが向いているかもしれないと思ったのだ。基本に忠実に教えようとしたばかりに、中村の頭の中にはグラブスタートしか浮かんでいなかった。

「裕ちゃん、ありがとう」

「俺まだ飛び込んでないぜ」

裕次郎は怪訝《けげん》な顔をした。

「いいアイデアをもらったよ。よし、裕ちゃん、最初にグラブスタート。次にトラックスタートを見せてよ」

「なにっ、二回も飛び込むのかよ。かったるいなぁ」

「頼むよ。チームメイトのためなんだからさ」

「しょうがねぇなぁ」

口調は荒いが、顔は笑っていた。もしかしたらこの状況を一番楽しんでいるのは裕次郎かもしれないと中村は思った。十数年ぶりに出る大会。十数年ぶりにできたリレーのチームメイト。心底水泳が好きな裕次郎の心を躍らせる要素はいくつもあった。

中村はまず加山と大島を呼んで、裕次郎のスタートを見せることにした。

裕次郎はスイムキャップはかぶらずに、ゴーグルだけをはめた。腕をブラブラさせ、ゆっくりと3番のスタート台に立った。

「位置についてぇ」

中村の声に反応して、体をエビのように曲げた前傾姿勢をとる。手はスタート台をしっかり握っている。目は足元を見ている。

「よーい」

その声で裕次郎は膝を曲げて備え、下げていた頭を上げた。

「スタート」

合図と同時に手がスタート台を力強く押し、足は勢いよく後方に蹴りだされた。体が矢のように飛び出していく。両手両足もきれいに揃っている。入水点をしっかりと見定めた指先が、豆腐の中に入り込むように静かに水に刺さって行く。手先から爪先《つまさき》までが一本のしなやかな竹のようでもあった。さほど水飛沫《しぶき》も上げずに、黒い全身が水中に消えた。あまりの美しさに、みな息を呑んだ。ほぼ教科書通りの一連の流れだった。

「お見事」

中村は称賛の声を振り絞った。

「すごいねぇ」

「いや、まったく。トビウオのようだった」

大島と加山は目を丸くしている。その声が届いたのか、数メートル先の水面にひょっこりと顔を出した裕次郎は笑顔だった。

中村は加山と大島に指示を与えると、今度は神村を呼んでトラックスタートの基本的な部分を教えた。その間に裕次郎は水から上がり、プールサイドの雛壇に座っていたヒロシを呼んだ。ヒロシは白いTシャツに黄色い短パン姿だった。裕次郎はヒロシの差し出した真っ赤なバスタオルを受け取り顔を拭いた。

「社長、お見事です」

「よせよ、お世辞はいらねぇぜ」

裕次郎はそう言いながらも、まんざらでもない表情を浮かべた。

「本当にカッコよかったっすよ。あの人たちが言ってた通りの、トビウオみたいだったっす」

「そうか、へへっ」

いくら渋くキメようとしても、会心の笑みは隠せなかった。

「それよりヒロシ」

「なんすか」

裕次郎が何か伝えようとした瞬間、中村の声がかかった。

「裕ちゃん、また頼むよ」

「おう、わかった」

裕次郎はバスタオルをヒロシに渡しながら小声で囁いた。

「あの大島っていう奴から目を離すな」

「えっ」

それだけ言うと裕次郎は再び3コースのスタート台に向かった。ヒロシは意味がわからず、タオルを抱えたまま立ち尽くしていた。

スタート台の傍には細面の神村が立っていた。中村は4コースの中に入り、白いコースロープに寄り掛かっている。

「よろしくお願いします」

神村の礼儀正しい挨拶に、裕次郎はゴーグルをはめたままニヤリと笑った。

「さっきのスタート見てました。すごかったです。どうしたらあんなふうにできるんだろうって考えちゃいました」

神村は興奮気味に話しかけてきた。

「一言アドバイスするとしたら、あれはイメージが大切なんだ」

「イメージって、イメージトレーニングのことですか」

「そうだ。グラブスタートの場合は、猫背を直したがっているエビをイメージするんだ」

「えーっ」

神村は噴き出した。

「猫背を直したがってるエビだなんて、おもしろすぎる。いやー、上野さんて怖そうな人だなって思ったけど、おもしろい人なんだ、本当は」

裕次郎の本業を知らない神村は、しゃがみこんで笑い続けている。

「おもしろい、か。初めて言われたぜ」

その一言がさらに神村を笑いのツボにはめた。笑いが止まらない。その姿を見て、プール内にいる中村が苦笑まじりに言葉をかけた。

「さぁ、神村君、笑っている場合じゃないぞ。これから見てもらうスタートを君が覚えられるかどうかにかかっているんだからな」

「は、はい。すみません」

神村はまだ顔に笑いを残したまま立ち上がった。裕次郎はにこやかに微笑みながら神村に言った。

「これから見せるトラックスタートの場合は、野獣をイメージするといい。豹《ひょう》でも虎でもライオンでもいい。水にはまった動物を、助けるのではなく殺しにいく野獣だ。食うために水に飛び込むんだ。いいか」

「はい」

笑顔とは裏腹のアドバイスに、神村の返事は瞬時に凍りついた。

「いいぜ、コーチ」

裕次郎はゆっくりとスタート台に上った。すぐに中村の声がかかった。

「位置についてぇ」

裕次郎は体を曲げて前傾姿勢をとった。左足はスタート台の先端ギリギリ。右足は台の後方にもっていき、踵《かかと》ははみ出している。体重は後方にかかっているが、尻の位置は高めだ。両手はスタート台の先端を軽く握りしめている。

「よーい」

裕次郎の尻がさらに高い位置に動く。まさしく今にも飛び掛からんとする野獣のようだ。黒いボディースーツのせいか、その姿は黒豹を連想させた。台の先端を握る両手にも力が入る。自分の立っているスタート台を、自分が乗ったまま後ろに引っ張っているようでもあった。

「スタート」

合図に反応して体が躍りだした。スタート台を後方に強く押し出した反動で、手が前方に伸びる。後ろ足の蹴りは弱めだが、前の足の蹴りは強く鋭い。まるで体重が瞬間的に前に移動したようだった。

グラブスタートの時よりも少し遠めの入水点を目指して、黒い矢が宙を飛んで行く。飛び出した瞬間は上下に不揃いだった両足が揃った。今や裕次郎の姿は、目の前でもがく子鹿に襲いかかる黒豹そのものと化していた。

上下に重ねた手のひらが、指を真っ直ぐに伸ばしたまま入水点に突き刺さっていく。手の先から足の先までが、他の水の領域には一切触れずに、水の中の一点に吸い込まれていくようだった。

体のすべてが水の中に消えた。

その様子を中村と神村は一言も発せず、ただ目を皿のようにして追っていた。いや、発するどころの話ではない。呼吸ができないのだ。息を止めて見入っていたのである。

裕次郎はそれで終わらなかった。コースのはるか先に頭を見せた裕次郎は、たまりかねたように泳ぎだした。その場にいた誰もが息を呑むスピードで、次々に水の抵抗をねじ伏せて行く。軽快なストロークだ。

50メートルのターンが近づいてくる。壁の手前ほぼ1メートルで裕次郎はストロークをやめ、両手を太股の辺りで揃えた。頭から壁に激突すると思われた瞬間、体が小さく前方に回転した。よく見ると、足もかすかにドルフィンキックをしている。

水中で回転し丸くなった体は、瞬時に向きを変え跳ね返った。跳ね返ったというしか表現のしようがない。それはまさしく壁にぶつけた黒いボールが跳ね返ってくるようにしか見えなかったのだ。

「見事なゲインズターンだ」

やっと口を開いた中村が唸るように呟いた。

ゲインズターンは、正式にはスピンターンと言う。ロサンゼルス・オリンピックの100メートル自由形金メダリスト、アメリカのロウディ・ゲインズが用いたことで一般に知られるようになった。そこで使用者の名前から、通称ゲインズターンとして定着している。

このターンはそれまでのターンに比べて、回転する時に体をひねらないのが特徴だ。つまりターン時は頭からそのまま前方回転するのだ。足が壁についた時には仰向けの状態になっている。そして蹴り出しながら体を回転させ下を向くのだ。

通常のターンは回転しながら体をひねるので、足が壁についた時には、体は横向きになっている。この部分が大きな違いだ。ゲインズターンは回転する時に体をひねらない分だけ回転の時間が速くなり、ターン時の時間短縮につながると言われている。

しかし手をついてターンするオープンターンや、体をひねる従来のターンに比べて、当然習得するのは難しい。いや普通の水泳選手なら真似ることは可能だろう。しかしそれを自分のものにするのは並大抵のことではない。

4コースに立ち尽くす中村の前を、凄まじいスピードで黒豹が駆けていった。

呆然としている間に、黒豹はゴールの壁にタッチして水の中に沈んだ。3コースのスタート台の横では、神村が口をあんぐりと開けたまま真下を覗き込んでいた。

すぐに裕次郎が頭を出して、ゴーグルをはぎ取るようにはずした。顔をブルブルと犬のように振り、それでも滴《したた》る水を手のひらで拭う。

「スゲェ」

神村が掠《かす》れた声を漏らした。二、三度咳払いしてから、今度ははっきりとした声で絶賛した。

「こんなの見たことないですよ。いや、テレビとかではあるけど、生で見たのは初めてです。上野さんてスゴイや。僕、感動しました。体の震えが止まらないです。あのスタート見ただけでもビックリしたのに、力で水を押さえつけるような泳ぎ。それに弾けるようなターン。僕、涙が出そうです」

裕次郎は弾む息を整えながら神村を見上げた。

「俺たちは勝つために泳ぐんだ。いいか、大会までは時間がねぇ。だから勝てるという自信がつくまで、何度でも反復練習するしかねぇんだ。わかってんな」

「はい」

神村は憧れの人でも見るかのような視線を返してきた。裕次郎は照れくさくなって、そそくさとプールから上がった。

ヒロシがバスタオルを持って駆け寄ってくる。裕次郎は片手で受け取り、何か言おうとするヒロシを手で制して、そのまま雛壇の最上段に誘った。その位置はプールから最も離れていた。ここでなら話を聞かれる心配はない。

　バスタオルでせわしなく髪を拭く裕次郎に、ヒロシはそれでも小声で訊《たず》ねた。

「さっきの話ですけど」

「うむ」

「一応見張ってましたけど、別段変な動きはなかったです」

「そうか。とりあえず帰るまで見張っててくれ。気づかれねぇようにな」

「へい。それはわかってやすけど、なんなんすか。あいつ悪い奴なんすか」

「いや、わからん。それにヒロシ、悪い奴って言い方は変だぜ。世間様から見たら、よっぽど俺らのほうが悪い奴だ」

「それはそうかもしれないっすけど」

　ヒロシは気まずそうに頭を掻いた。

「あの大島って奴、ちょっと気になってよ。どこかで見たような気がするんだが、思い出せねぇ。名前もなんとなく聞いた覚えがあるんだが」

「わかりました。さりげなく見てます」

「気のせいだといいんだが、なんとなく胸騒ぎがしてよ」

「胸騒ぎっすか」

館内にホイッスルの音が響いた。中村が片手を上げて叫んだ。

「十分間休憩しまーす」

やれやれといった表情で、加山と大島がプールから上がった。神村はまだ納得がいかないらしく、スタート台の下を離れない。入水点を確認し、イメージトレーニングをしているようだった。その姿を裕次郎は微笑ましく見ていた。

加山が雛壇に腰を下ろして体を拭き、しばし呼吸を整えた後トイレの方向に向かった。大島がバスタオルで体を拭きながら、ロッカールームの方向に歩きだした。

「ヒロシ」

「へい、わかってます」

返事をするより先にヒロシは立ち上がり、大島の後を追った。

裕次郎はヒロシが衝立の陰に消えるのを見て立ち上がり、まだ水から上がろうとしない神村に声をかけた。

「おい、少しは休んだほうがいいぞ」

「大丈夫です。若いから」

神村は爽やかな顔で笑い返してきた。

「ならいいが、休める時に休んでおかないと、後で体が辛くなるぞ。大会まであと十日とはいえ、それまでの練習時間は長丁場だからな」

「はい。それより」

「なんだ」

神村は純な瞳を裕次郎に向けた。

「どうしたら速く泳げるのか、教えてください」

言い終わらぬうちに頭を下げた神村は、くださいと言う部分で顔が水面にぶつかった。

裕次郎は笑いをこらえながら神村に訊ねた。

「なぜ速く泳ぎてぇんだ。まぁ、大会のためっていうのなら教えてもいいが」

その問いに神村はすぐには答えられなかった。しばし躊躇《ためら》った後、神村は辺りを見回して誰もいないことを確認してから口を開いた。

「僕、昔いじめられっ子だったんです」

意外な返答に、裕次郎は黙ったままだった。

「でもいろいろ考えたすえに、自分自身がもっと強くならなくてはいけないって思ったんです。それで高校に入ってから自転車競技を始めて、インターハイは無理だったけど、県大会で上位に入れるくらいにはなったんです。自分にも自信が持てるようになったし、いじめられることもなくなりました。大学にも合格したし、今度は彼女を作ろう、なーんて考えました。バラ色の大学生活にしようと誓ったんです。それで入学ガイダンスの時に、同級生の女の子でトライアスロンやってる娘と知り合って。可愛い娘なんです。みずほちゃんていうんですけど。そのみずほちゃんに誘われて、初めて気仙沼《けせんぬま》のトライアスロン大会に出たんです。バイクとランは、少し自信がありましたから。でも散々でした。最初のスイムが全然駄目で、お年寄りや女性にも差をつけられて。いや、その後のバイクとランで、ある程度は挽回《ばんかい》しましたよ。それでもトラウマじゃないけど、あのスイムでの屈辱がいまだに響いていて。なんだか、いじめられてた頃の気持ちに戻っちゃったみたいで。それで、ここで練習を始めたんです」

「なるほどな。悪いが俺には君が、親の金でスイミングクラブに通っている優雅な学生のようにしか見えなかった」

「優雅。冗談じゃないですよ」

神村は気色ばんだ。

「実際僕は苦学生みたいなもんです。親の仕送りも限られているため、日本育英会から奨学金を貰っているんです。これは将来返還する金ですから、借金を背負っているようなもんです。それ以外に週に三回、家庭教師のアルバイトをしてますし、土、日も練習のない時期は駐車場の係員のアルバイトをしてます。そうして稼いだ金でここに通ったり、自転車の大会に出場したりしているんです。けっこう辛い思いをしている大学生なんですから」

　神村の真剣な表情に、裕次郎は打たれていた。

「そうか、それは悪かったな。誤解してたようだぜ。で、みずほちゃんはどうなった」

　神村はうつむいた。顔は赤かった。

「みずほちゃんに打ち明けたんです、好きだって。あっ、笑わないでください。初めての告白だったんですから」

「笑わねぇよ、俺には笑う資格なんてねぇからな」

　神村は顔を上げた。

「そしたらみずほちゃん、トライアスロンの大会で優勝したら付き合ってくれるって。だから僕、もっと速く泳げるようになりたいんです」

「なるほどな」

　裕次郎は頷いた。久しぶりに爽やかな春の風にあたったような心境だった。

「よし。いいか、神村君。まずは技術的なところから教えるぜ。君たちみてぇな若者は、精神論から入ることを嫌う傾向があるそうだからよ。俺が見た限り、君の泳ぎの一番の欠点は腰のぶれだ。それは手の入水位置が悪いせいだ。左手が頭の右側に、右手が頭の左側に入水する傾向がある。これじゃあ抵抗の大きい姿勢になってしまうのも当然だぜ。わかるか」

「あっ」

神村は息を呑んだ。

「それに基本的な部分で間違いがある。君はトライアスロンを目指して鍛えてんだろ。スイマーとトライアスリートでは筋量バランスが決定的に違うんだ。君の足は見かけ以上に沈む足なんだ。トライアスリートの特徴だから仕方がねぇことだ。要は下半身が沈んでいるくせに、キックが大きすぎるってこった。無駄なキックはいらねぇ。キックは小さめを心掛けろ」

神村は無言のまま大きく頷いた。初対面の相手のはずなのに、言うことがすべて当てはまっていた。

「次に精神論だ。こうして話していても、君がとても頭のいい子だというのはわかる。だからどうしても理屈で納得しなければ、先には進めねぇんだろう。でもな、クロールなんてのは、一番簡単な泳法だ。なんたってルールの制約が一番少ねぇんだからな。両手を交互にかいて、足を交互に蹴って進む。それがクロールだ。呼吸なんて顔を横に向けてやればいい。ターンだって体の一部が着けば、どの部分でも構わねぇんだ。難しく考えることはねぇ。前だけを意識しろ」

「前だけを」

「ああ、そうだ。前にあるのは夢であり希望だ。それをいち早く摑もうと泳ぐんだ。ガムシャラにな。金でも地位でも名誉でもいい。おっと、君の場合はみずほちゃんだ。みずほちゃんが自分の前にいると思え。ひとかき速く進めば、その手はみずほちゃんの肌に触れる」

「みずほちゃんの肌に。ああ」

神村はため息をついた。

「もうひとかき速く進めば、その指先はみずほちゃんのブラジャーにたどり着く」

「おぉ」

神村は声を発した。

「そしてさらにひとかき速く進めば、その手はみずほちゃんの胸に」

「あーっ」

純情な神村は、その一言で全身を身悶えさせた。

「わ、わかりました。上野さん、ありがとうございました」

「えっ、いいのか。まだ続きがあるんだけどよ」

「いえ、けっこうです。これ以上聞いたら、神聖なるプールを白く染めそうですから」

そのウイットに富んだ答えに、裕次郎は満足して笑いだした。

「いいか、君は今何をすべきかわかっているはずだぜ。頑張れ、若造。おっと、俺もまだ若造のつもりなんだけどよ」

陽気な笑い声が館内に響いた。

「僕、上野さんに出会えてよかったです」

「そうか」

「はい。なんていうか、モヤモヤしてたのが、一気に解消できました。中学時代に上野さんに出会えていれば、こんなに遠回りせずにすんだような気がしてます」

「バーカ。人生において、たらとか、ればなんて言葉は禁句だ。自分を強く持て。たらとか、ればなんて言葉に頼ったら、男として負けだぜ。それにたとえ遠回りしたって元に戻れば、もう一度レースはやり直してかまわねぇんだ。わかるか、俺の言っている意味が」

「はい」

神村の返事は力強かった。瞳の輝きも別人のようだった。

「よーし。だったら自分の欠点を克服して前進しろ。僕の前に道はない。僕の後ろに道はできるって、宮沢賢治《みやざわけんじ》も言ってるが、要は自分の力で道を切り開けるかだぜ」

「はい。でも上野さん、それって高村光太郎《たかむらこうたろう》だと思うんですけど」

「えっ。バ、バーカ。誰が言ったかなんて小さなことだ。どうせどっちにしろ岩手県に関係があるんだからよ。それより前へ進め若人。君の前にみずほちゃんがいる」

「み、みずほちゃん。うおーっ」

叫ぶなり神村は猛烈にクロールで泳ぎだした。

「駄目だ。腰がぶれているぜ。そう。それを矯正したら、あとはガムシャラだ」

そう叫びながら裕次郎は、うまくごまかせたとホッとしていた。これが自宅で妻に聞かれていたら、どんなに責められるかわからなかった。妻は一般教養に、ことのほかうるさいのだ。

館内に再びホイッスルの音が響いた。十分間の休憩の終わりを告げるホイッスルだ。

裕次郎はバスタオルを置くため、雛壇に戻った。加山は一足先に雛壇に戻っていて、ゴーグルのゴムを調節しているところだった。

すぐに衝立の陰から大島が姿を見せ、足早に戻ってきた。どこかしら顔色が悪い。大島は慌ててゴーグルを摑むと、中村のもとへ急いだ。裕次郎はその姿に不穏なものを感じながら立ち上がった。

プールに向かう裕次郎の視界に、ヒロシの姿が飛び込んできた。何か慌てている。裕次郎は平静を装いながら、中村に声をかけた。

「コーチ、申し訳ねぇ。ムキになって泳いだら、ふくらはぎが張ったみてぇだ。もう少しだけ休ませてくれよ」

「なんだ、大丈夫？　無理しないでよ」

「ああ、少し揉めば大丈夫だ」

心配する中村に笑顔を返し、裕次郎は再び雛壇の奥に座った。その姿を確認して、ヒロシが早足でやってきた。

「大変っす、親分。いや、社長」

「シッ、静かにしろ。まず、座れ」

「へい」

ヒロシは裕次郎の隣に腰を下ろした。

「で、どうした」

「それが、社長の勘がピッタリ当たりました」

「なに。どういうことだ」

「あいつ、おそらくにこにこフィットネスクラブのスパイっす」

「スパイだと」

　裕次郎は大島の姿を目で探した。中村の指示を受けながら、第2コースでスタートの練習をしている。

「あいつ、ロッカールームに戻って、携帯電話をかけてました。武藤《むとう》さん、と相手の名前を呼んでました。で、神村と加山は大したことないとか、一人だけスゴイのがいるんで、要注意だとか話してて。あっ、要注意って社長のことっすよ」

「そうか。ふん、当然だ。それで他には」

「えーと、約束は守ってくれよとか、学校には来ないでくれとか。そうだ、利息がどうたらとか言ってましたね」

「約束。学校に利息か」

「ええ、なんだか金貸ししてた頃の集金業務を思い出しちまいやした」

「あっ」

　裕次郎は大声を上げそうになって、慌てて自らの口をふさいだ。

「それだヒロシ。思い出したぜ。あいつ、ブラックリストに載ってた奴だ」

　裕次郎とヒロシは顔を見合わせた。

「ということは、多重債務者」

「そうだ。どっかで見たことあるなと思ったら、事務所のファイルで見たんだ」

裕次郎は唸った。金貸しはとっくにやめたとはいうものの、同業者からの定期的な情報は、今もファックスで送られてきている。最先端をいく同業者などはパソコンを使って、添付ファイルにしてメールで送ってきてもいる。

「うーむ、なにを企んでんのか。こりゃあ、口を割らさなきゃなんねぇな。よーし、ヒロシ。会社に連絡して事務の連中に大島のことを調べさせろ。それから、にこにこフィットネスクラブの関係者の中に、武藤という奴がいるのかもな」

「わかりました」

「俺の携帯を使え。いいか、ロビーに行ってから使うんだぞ」

「へい」

中腰の姿勢のまま、ヒロシが小走りに駆けていった。

裕次郎は水に浮かぶ大島の筋肉質の体を睨んだ。

「スパイか」

どうしようもなく胸が高鳴った。相手がその気なら、こちらにも考えがある。裕次郎は唇の端を歪めて笑った。なんだかおもしろいことになりそうな予感がしていた。

プールの灯が落とされた。併設されているトレーニングジムやエアロビクスのスタジオも、すでに静かな眠りについている。玄関ロビーと事務室の灯だけが、煌々《こうこう》と闇に浮かんでいた。

黄色いジャージ姿の従業員が二人、懐中電灯を手にして事務室から出てきた。クラブの実質的経営者である中村の仕事も、まだ山と残されている。おそらくあと一時間は帰れないはずだ。

裕次郎は行動を開始した。中村には打ち明けていない。気弱な友に余計な心配はかけたくないという配慮からだった。カタギの中村が手を汚すことはないのだ。

川向こうの県道や主要地方道は大型自動車が行き来して、昼間と大して変わらぬ交通量である。だが橋を一本渡ったこちら側の市道は、この時間になると交通量も減り、自家用車よりもタクシーの姿を見かけるほうが多い。

夕顔瀬スイミングクラブの正式な住所は、盛岡市材木町《ざいもく》である。ただ夕顔瀬橋のたもとにあるので、そういう名称がつけられただけだ。橋を渡った向こう側が、地図の上での夕顔瀬町である。

裕次郎は目を細めて遠くを眺めた。立ち並ぶマンションの隙間《すきま》から、ゆっくりと高架橋を渡って車庫に入る新幹線の灯が見えた。この辺りもすっかり変わったな、と裕次郎は思った。

都市化の波は、この北国の県庁所在地を完璧に覆っていた。街中には背の高いマンションやビジネスビルが次から次と建てられ、景観も変貌した。かつて街中のどこからでも眺められた岩手山も、今はよほど高い場所からでなければ、その姿を拝むことはできなくなっていた。

東京の情報や流行も、新幹線に乗ってその日のうちにやってくる。いや、今の時代にはインターネットもある。若者たちは渋谷《しぶや》や六本木《ろっぽんぎ》を歩いている連中と、さほど変わりのない恰好で街を闊歩《かっぽ》している。

それはいい、と裕次郎は思った。ただ一つ許せないものがあった。それは地方を食い物にしようとやってくるヤクザだ。奴らは地方の風土や歴史をまったく理解しない。金のことしか頭になくて、そのためにはどんな汚いことでもやり、とことん甘い汁を吸おうとする。覚醒剤もそうだ。奴らは廃人を作りにやってくるといってもいい。

同じヤクザであっても、自分は違うという意識を裕次郎は持っていた。たしかに自分たちの権益を守ろうとする気持ちもある。だがそれ以上に、この土地のカタギ衆に食わせてもらっているんだという気持ちが強かった。この土地の人々を守るのも、この土地のヤクザの使命であり恩返しなのだという考えがあった。一種の郷土愛である。地方自治という言葉があるが、ヤクザの世界にも地方自治があるのだという信念を裕次郎は持っていた。

五分ほど前に神村がマウンテンバイクに跨《また》がって、颯爽《さっそう》と帰っていった。なにか吹っ切れたようで、その表情から迷いは消えていた。

次に出てきた加山はさすがに疲れたらしく、重い足取りで100メートルほど先にあるバス停に向かっていった。

残るは大島だけである。

裕次郎を乗せたベンツはライトを消したまま、駐車場の一番玄関寄りのところに停まっていた。

「社長、来やしたぜ」

ヒロシの声に反応して、裕次郎は一度閉じた目を見開いた。

「おう。いいな、打ち合わせ通りにやれよ」

「へい、わかってます。これでも学芸会じゃ、いつも準主役級やってましたから」

「バカ。行くぜ」

重厚なベンツのドアを自ら開けて、裕次郎は躍《おど》り出た。

正面に大島がいる。白い上下のスウェット姿で、寒さを防ぐため青いスタジアムジャンパーを羽織っている。肩にかけているのはナイキのスポーツ・バッグだ。

「大島先生」

「はっ」

闇の中から現れた裕次郎に、一瞬大島は驚き身構えた。

「なんだ、上野さんですか」

裕次郎は笑みを浮かべたまま近づいた。

「送りますよ。同じ方向でしょ」

「えっ。私、住んでる所言いましたっけか」

大島は怪訝な表情を見せた。

「黒石野《くろいしの》でしょ。なーに、それくらい知ってますよ。通り道です。どうぞ、お送りしますよ」

裕次郎の丁寧さに不気味なものを感じたのか、大島は後ずさりした。肩からスポーツ・バッグがずり落ちそうになっている。大島は慌ててバッグの取っ手を押さえた。

「い、いえ、結構です。私、寄るところがありますから」

「ほう、そうですか。まさか寄るところってのは、にこにこフィットネスクラブじゃないでしょうね」

「げっ」

思わず声を上げた大島は、狼狽《ろうばい》の色を隠せなかった。すかさず闇に紛れて近づいたヒロシが、大柄な大島の肩に腕を回した。ぴったりと体を寄せたヒロシは、ロビーから漏れる灯で冷たく光る鋭利なものを脇腹に突きつけた。

「うっ」

チクリとした痛みに目を見開いた大島は、そのまま視線を脇腹の辺りまで下げた。そしてその痛みをもたらしたものが銀色のアイスピックだとわかると、体を固くした。ほんの少し、先が刺さっていた。

「手荒な真似はしたくねぇからよ。おっと、暴れねぇほうが利口だぜ。そいつはアイスピックのヒロシといってね。今までそのアイスピックで、何人闇に葬《ほうむ》ったことか。おい、ヒロシ。この人は大事なお客さんなんだからよ。いいか、どんなに腹が立っても、肋骨《ろっこつ》までで止めておけよ」

「へへっ、あっしだってムショはこりごりだ。もう殺したくはねぇ。とはいえ、相手しだいですぜ」

凄味を利かせて大島を見上げたヒロシの目は血走っていた。

「ヒーッ」

大島は声にならない叫びを発した。

「さぁさぁ、それでは車に参りやしょうぜ。新婚さーん、じゃねぇや。拉致さーん、いらっしゃーい」

裕次郎のおどけにはまったく反応を見せず、大島はただ脇腹の一点にのみ神経を集中させていたようだった。

「歩け」

ヒロシがドスを利かせた声で囁いた。大島は命じられたまま、あやつり人形のような素直さを見せた。

ベンツの後部座席に大島を押し込み、そのままヒロシもピッタリくっつくように乗り込んだ。反対側のドアが開いて、そこからは裕次郎が乗り込んだ。ゆったりとした広さが売りのベンツだが、さすがに体格のいい成人男子が三人も乗り込むと肩が触れた。

「洗いざらいに吐くんだな。このスパイ野郎」

「えっ。いや、私は何も知りません」

「この野郎」

即座に裕次郎のパンチが大島の頬に飛んだ。狭くなった車内で、しかも利き腕ではない左手のパンチだったため、威力はさほどのものではない。しかし大島に与えた精神的ダメージは充分すぎる効果があった。大島の震えが伝わってきた。

「素直に白状するこったな。お前だってこんなことで消されたくはねぇだろう」

「ヒッ」

大島の体がピクリと動いて固まった。

「お前、にこにこフィットネスクラブの武藤っていう支配人と連絡を取っていたろう。それでこちらの情報を流した。立派なスパイだぜ。なんでそんな汚《きたね》えことをやったんだ。えーっ、借金のせいか。調べはついてるんだぞ、この多重債務者」

目を見開き息を呑んだ大島は、再び小刻みに震えだした。

「お前のことなど百も承知だ。自分じゃ気づいてねぇだろうが、お前みたいな悪質な客はブラックリストに載って、業界内に回覧されてるんだぜ。仮にも先生だろう。教育者だろうが。それが競馬に麻雀、パチンコにパチスロ。ギャンブル三昧《ざんまい》じゃねぇか。カタギのくせに、組関係の賭博《とばく》にも手を出したそうだな。えーっ、教え子にどんな顔して接してんだ。まったくバカにつける薬はないって見本だぜ」

大島は震えながらも顔を上げ、何か言い返そうとして口をつぐんだ。

「お前だって親がいるんだろう。たしか宮古《みやこ》に母親が一人で住んでたな。朝早く魚市場に出掛けて魚を仕入れ、列車に乗って山里を行商して回り、その稼いだ金で大学生だったお前に仕送りを続けたっていうじゃねぇか。泣かせるぜ。なんて素晴らしい母親なんだ。一円を稼ぐ大変さを知っている母親だ。それなのにお前は、盆も正月も会いにいってねぇとくらあ。母親が今のお前のことを知ったらどう思う。ましてや故郷の海に浮かべられた息子の変わり果てた姿を見たりしたら、心臓麻痺《まひ》で後を追っちまうかもしれねぇぞ。この親不孝者」

裕次郎はもう一発パンチを繰り出した。今度は腹部だ。拳《こぶし》が腹にめりこんで、大島は咳き込んだ。目には涙を浮かべている。

「今の一発は、お前の親に代わって殴ったんだ。もし痛ぇと思うなら、それは親不孝の痛みだぜ」

「あぁぁぁぁ」

たまらず大島は声を上げて泣きだした。

「吐け。すべて白状して、楽になりな。言うことをきいたほうが身のためだぜ」

大島はガックリとうなだれ、肩を震わせながら白状した。

「競馬場で武藤支配人と知り合ったんです。金を貸してくれるところを紹介してくれるって言うし。どこも貸してくれないのはわかってましたから。それで特観席に連れていかれて、知らない人から十万円借りました。その日は有力な裏情報を握ってましたから、一気に返せると思って、トイチでもいいやって」

「トイチー。馬鹿だな、お前」

　トイチとは、十日ごとに一割の利息がつくことをいう。つまり月利三割という超高金利で、かつて好景気の時代に町金融はそれで荒稼ぎをしたのだ。最初に十万円借りた場合には、十日ごとに一万円の利息がつくわけで、返せないままだと三ヵ月で元本が二倍になってしまう恐ろしい返済方法なのだ。

「ところが裏情報ははずれました。ぶっちぎりでイケルって情報だったのに、最後の直線で失速してパーでした。目の前が真っ暗になりました。こりゃあ、もっとでかいの当てなければって思ったんですけど、先立つものがなくて。それにほかのサラ金の支払いもあるんで返せずにいたら、武藤支配人がまた紹介してくれて。その時は目の前がパーッと明るくなったんですけど」

「はぁー。借りたのか」

「はい。十万円」

「バカ」

　裕次郎は呆れた。かつて社会問題にまでなったサラ金苦騒動そのものだった。その時代に首をくくった者の多くは、これが原因で殺されたようなものだったのだ。今では貸金業法や出資法も見直され、法定金利は年29・2パーセントと決められている。しかしこれはあくまで表向きだ。

現実は法の運用上の問題もあって、多重債務の増加の歯止めをかけるまでには至っておらず、さらなる上限金利の引き下げなどが課題となっていた。

当然、裏社会では法定金利など守られてはいない。今でもツキイチ、トイチが存在している。これは年利に換算すれば、数百パーセントとなる。さらには業者間で相謀《あいはか》って特定の個人を狙《ねら》い撃ちにするシステム金融が問題視されていた。

「まったく目の前が暗くなったり、明るくなったりって。お前は切れる寸前の便所の電球か。いいか。はなっから狙われてたんだぜ、お前。ターゲットだ。カモだぜ、まったく。それで金を返せなくて言うこときいたってか」

「はい。学校に乗り込むって脅されましたし。それに言うこときいたら、利息分はチャラにしてくれるって約束してくれたんで」

「はぁー。学校に利息、約束と、見事につながったぜ、ヒロシ」

「へい。とんでもねぇ教師っす。こりゃあ一気にブスッといきますか」

ヒロシは腕を少し動かし、アイスピックの先を2ミリほど刺した。

「イッ。ヒーッ、か、勘弁してください。な、な、なんでも話しますから。た、た、助けてください」

大島は泣きながら両手を合わせた。顔が涙と鼻水でグシャグシャになっていた。

「なんでもってことは、まだあるってことか。えっ、なんだ。なにを命令されたんだ」

「は、はい。最初の約束では探るだけでいいって言ってたんです。それが今日になって上野さんのこと話したら警戒したらしくて、大会当日に演技しろって」

「演技。どういうこった」

「朝から調子の悪そうな演技してろって。それで万が一差をつけられたら、アンカーにつなぐ前にペースを落とせって。場合によっては、足がつったふりをしろと」

「なーにぃ」

裕次郎は助手席のヘッドレストを殴りつけた。

「なんて汚ぇ奴らだ。俺はスポーツマンシップに則って、正々堂々と勝負しようとしていたんだぜ」

「まったくっす」

ヒロシも同調した。鼻息が荒い。

「こうなりゃ、ハンムラビ法典だ。目には目を、歯には歯を。所詮《しょせん》ヤクザにスポーツマンシップは似合わねぇってことか。チッ、どうやら俺は青臭ぇ夢を見ていたようだぜ」

自嘲する声が車内に虚しく響いた。

「あの」

「なんだ」

「私はどうなるんでしょうか」

大島は涙顔を向けた。裕次郎は頭突きでもするかのように、その額に自分の額を押し当てた。

「死にてぇか」

「いえ」

大島は身をのけぞらせた。

「なんでもしますから、助けてください」

「ふん。安心しろ。助けてやるから、今まで通りにスパイを続けろ」

「えっ」

「ただし適当な情報だけ流しとけ。相手を油断させるんだ。お前も本気で練習しろ。間違っても大会当日にペースダウンしたり、足つったりしたら、殺すぞ」

「はっ、はい」

「いいか。お前には自由がねぇんだ。借金のカタに売っちまったんだからな」

大島はガックリと頭を垂れた。涙と鼻水が一緒になって、毛羽立ったカーペットに落ちた。裕次郎は大島の肩を叩いた。

「まぁ聞けや。タダとは言わねぇ。とりあえず、その武藤って奴がらみの金はチャラにしてやる」

「本当ですか」

大島は信じられないといった表情をした。

「トイチなんてやる連中だ。県の登録だって受けちゃいねぇだろう。つまりは違法金融だ。安心しろ。こっちには凄腕の弁護士がついてんだ。もっとも話をつけるのは大会当日にするぜ。そのほうが相手の受けるダメージも大きいだろうしな」

「ああ」

大島は安堵《あんど》の声を漏らした。

「バカ。安心すんじゃねぇ。お前はまだまだ借金抱えてるんだ。借りたものは返すのが筋ってもんだぜ。コツコツと返しやがれ。いいか、決して母親を泣かせるようなことは、金《こん》輪際《りんざい》するんじゃねぇぞ」

「はい。ありがとうございます。ありがとうございます」

大島は何度も何度も頭を下げ、感謝の言葉を繰り返した。その姿をヒロシが苦笑しながら見ていた。脇腹に突きつけられていたアイスピックも、今はヒロシの指先で、バトントワリングのようにクルクル回っている。

「ふーっ」

息を吐き出しながら、裕次郎は自分が次にするべきことを考えていた。

「うむ。やることはいっぱいあるな」

その呟きにヒロシは黙って頷いた。

2

大会当日は抜けるような青空が盛岡の街を覆い尽くした。

ここ数日の陽気で、冬の定番とも言える三寒四温の周期も崩れ、一寒六温となりつつある。待ち焦がれた本格的な春が、目の前まで来ていた。

長い冬を耐え忍んだ北国の人々にとって、これから一年が始まるような気にさえなる。厚手のコートを持ち歩かなくてすむだけで、たとえようのない解放感に満たされるのだ。

盛岡市材木町にある夕顔瀬スイミングクラブには、午前十時を過ぎた頃から、続々と人が集まりだしていた。

大会自体は午前十時ちょうどに開会した。

盛岡市内の四つのスイミングクラブの対抗戦だけに、各クラブの威信をかけての応援団が、それぞれ応援席となった雛壇に陣取っていた。

入り口から入ってすぐの所に陣取ったのは、マリンブルーフィットネスクラブ。本部は東京にあって、フィットネスクラブを全国展開させている。最新のトレーニング機器をとり揃えているため、特にボディービルダーらに人気が高い。マリンブルーというだけに、美しくライトアップされた25メートルプールを持っていて、若い女性の人気もあった。

その隣が、にこにこフィットネスクラブだ。本部は大阪にあって、ここ数年急激に東北地方に事業展開をしている。水面下ではあこぎな商売をしているというのが、もっぱらの噂だ。それも当然で、バックについているのは広域暴力団熊坂組なのだ。つまりは暴力団の勢力拡大のための隠れ蓑なのである。応援席の後ろの窓ガラスに、ビタビタとガムテープで乱暴に貼られたクラブの旗には、笑う小熊のイラストが描かれていた。

その隣には都南《となん》スイミングクラブが陣取った。盛岡市の南東部で、合併前は都南村と呼ばれていた地域がエリアの、比較的新しいクラブだ。地元資本で、経営者が中村の父親と同窓なこともあって、夕顔瀬スイミングクラブとは友好関係にある。年に一度、合同で水泳記録会も行っていた。

そして一番奥が、ホームでもある夕顔瀬スイミングクラブだ。岩手山が描かれたクラブ旗の下には、すでに会員三十人ほどが駆けつけ、個人競技に声援を送っていた。プールでは個人種目である男子平泳ぎが終わり、女子背泳ぎの選手がスタートを待っているところだった。

その頃夕顔瀬スイミングクラブチームの控室では、代表となった四人の選手がウォーミングアップを始めていた。

裕次郎を除く三人は緊張の色が隠せない。いや裕次郎とて、内心は落ちつかなかった。本当に久しぶりの大会である。最後にスタート台に立ってから、すでに十年以上の月日が経過しているのだ。しかしチームメイトの状態を見るにつけ、自分がしっかりしないでどうするという気持ちになってくる。

この短期間に彼らは確実に上達した。神村はターンがうまくなり、腰のぶれも少なくなったこともあって、自己ベストを3秒も更新した。加山もスタートがさまになってきて、自己記録を短縮している。さらに大島は、文字通り足かせを外されたように泳ぐようになった。だが正直、勝算はなかった。

中村が探ってきた情報によれば、にこにこフィットネスクラブの合計タイムには、まだ

5秒以上劣《おと》っていた。三日前の情報だが、これは大きすぎる差だった。さらに助っ人の存在だ。情報通りだとすれば、その男は裕次郎の知人である。そして最もやっかいな相手でもあった。

加山は度々トイレに駆け込んでいる。腹の調子が落ちつかないようだ。

神村も落ちつかぬ様子で、何度も控室を出たり入ったりしている。

大島はこれから自分がやるべきこととしてはいけないことを反芻《はんすう》し、その先に待つものを思い描いているようだ。体が小刻みに震えている。

裕次郎は掛け時計に目をやった。十時三十分。クラブ対抗400メートルリレーのスタート予定時間まで、あと四十分となった。

やおら裕次郎は立ち上がり、大島の傍に行くと耳元で囁いた。

「しっかりしろ。あとのことは気にすんな。俺が面倒見てやるからよ。コツコツ返せるように、ウチの会計士が返済計画立ててやるから。なっ、自分再建計画のスタートだぜ。わかってるな」

「は、はい。やります。死んだ気になって泳ぎます」

「よーし、その意気だ」

裕次郎は大島の肩をポーンと叩いた。大島の震えが止まった。

トイレのドアが開いて、加山が腹をさすりながら戻ってきた。極度の緊張のせいか、顔が青白い。

裕次郎はジャージのポケットから茶色い小瓶を取り出して、中の錠剤を二錠手のひらに載せた。

「加山さん、これよく効くんですよ。腹の調子を整えてくれるだけじゃなくて、精神も鎮めてくれる特効薬です。これ飲んでくださいよ」

裕次郎が差し出すと、加山は不審そうな顔つきをした。

「なんだか、大丈夫なの、本当に。ドーピングとか」

さすがは県の医療局に勤務しているとあって、加山は事務職ながらも薬にはうるさそうだ。

「大丈夫です。これは我が家に代々伝わる秘薬でしてね。私も大会前にはいつも飲んでました。それにこんなクラブ対抗の大会では、ドーピング検査なんかやりませんよ。あれって、けっこうお金がかかるもんなんですから」

「そ、そう。じゃあ」

と言って加山は受け取り、水を求めて洗面所に向かった。

そこへ神村が戻ってきた。不思議なことに、先ほどまでの緊張の色は消えていた。それどころか、逆に力が漲《みなぎ》っているようにさえ見えた。

「おい、どうした、神村君。さっきまでとはえれぇ違いだぜ。なんかいいことでもあったのか」

神村はすぐには答えず、裕次郎の傍に駆け寄ると、照れた笑いを浮かべながら小声で言った。

「みずほちゃんが来てくれたんです」

「ほう、それで落ちつかなかったのか。どうりでチョコマカ出入りしてると思ったぜ。それはよかったな」

「はい。上野さん、僕頑張ります。必ずみずほちゃんを振り向かせてみせます」

神村は力強く宣言した。その瞳には確かな力が感じられた。

「おう、そうだ。その心意気があれば、必ず相手に伝わるぜ。一丁カッコイイところを、バシッと見せてやれ」

「はい」

頷く神村の頭を、裕次郎は軽くポンと叩いた。

突然ドアがノックされた。神村がドアに向かった。ほんの少しドアを開けて相手と話している。すぐに振り返って、神村は裕次郎を呼んだ。

「上野さん、お客さんです。平井《ひらい》さんて人」

「平井さんか」

うっすらと笑みを浮かべながら、裕次郎はドアに向かった。

ドアの向こうには浅黒い肌をした長身の男が立っていた。

「上野、久しぶりだな」

白い歯をむき出して笑うその顔に、裕次郎は見覚えがあった。過去への記憶の扉が次々に開かれていく。何枚目かの扉の向こうに、その男の顔があった。

「西高の平井さん」

「おう、覚えててくれたか」

「いやぁ、懐かしい。お元気ですか」

「ああ、おかげさまで、この通りだ」

裕次郎は無意識のうちに右手を差し出していた。その手を平井が握り返した。二人にしかわからぬ熱いものが、二つの手の中を駆けめぐった。

平井健は一年先輩の、ライバル校のエースだった。その関係は中学時代にまで遡る。二人とも種目は自由形で、常に新記録を争ってきた仲だ。もっとも正確に言えば、先に県記録を作るのが平井で、それを打ち破るのが裕次郎だった。自他共に認める好敵手だったのだ。ところが裕次郎は暴力事件で水泳界から消えた。一方の平井は東京の大学に進学したものの、いつしかその名前も聞かなくなった。一説には体育会系クラブのしきたりに嫌気がさしクラブを辞めたのだとか、また全国から集まったハイレベルなライバルたちの中で自信を失ったのだとか言われてもいた。すべてが風の噂であった。

「やはり平井さんだったんだ」

「知ってたのか」

微笑みかける裕次郎に、平井は何か恥じるかのようにうつむいた。

「オレ、今にこにこフィットネスクラブでコーチをしてるんだ」

「噂で聞いてましたよ。凄腕のコーチを引っこ抜いてきたって」

「よせよ。凄腕でもなんでもないさ。東京の小さなクラブでコーチしてたら、声をかけられただけだ。まぁ、里心っていうか、帰ってみるのもいいかなと思ってな」

平井は人指し指で鼻の頭を掻いた。照れた時に見せる、昔からの癖だった。

「今回はコーチ兼選手ってところでな」

「やはりリレーに出るんですね」

「オレもアンカーだ。久々に上野と勝負だな。あっ、悪いが情報なんてのは、どこかから入ってくるもんだからな。こっちも知ってたよ」

「そうですか」

裕次郎は自分の背中に向けられている大島の視線に気づいた。

「オレ、ずっと楽しみにしてたんだ、上野との勝負。久しぶりに燃える相手を見つけられたっていうかさ」

「そう言われると、うれしいな。なんだか俺も楽しみになってきた」

「そうか、本気だな。よかった。それを確かめたかったんだ」

「確かめる」

「ああ。上野みたいなのが、こんなお遊びみたいな大会で本気になるとは思えなかったからな」

その言葉で、裕次郎は平井が何も知らされていないことに気づいた。にこにこフィットネスクラブの腹黒い策略とは、平井は無縁なのだ。それが何よりの救いだった。

「正々堂々とやろうな」

そう言ってドアを閉めようとした平井に向かって、裕次郎は思いつきを口にした。

「平井さん、賭《か》けませんか」

「賭け？」

「ええ」

裕次郎はニヤリと笑いかけた。

「それは、どちらが勝つか、ということか」

「そうです」

頷く裕次郎に、平井は手を振って笑い返した。

「よせよ、賭けは成立しないさ。勝負はもらったようなものだ。ウチのチームは粒揃いだぜ。それにひきかえ夕顔瀬さんは、上野一人をマークすればいい。まぁ、上野が一人で400メートル泳ぐっていうなら話は別だが、それはできないことになっている。事前に入手した夕顔瀬さんの合計タイムじゃ、悪いが勝ち目はないぞ」

「そうでしょうか」

裕次郎は毅然《きぜん》とした態度で返した。

「ほう、勝つ自信があるって言うんだな。おもしろい。ということは、お互い自分のチームに賭けるということだ。ふふっ、よし、のった。それでオレらのチームが勝ったらどうするんだ」

「そうですねぇ。うん、帰郷祝いと就職祝いを兼ねて、車でもプレゼントしましょうか。何がいいです？　ベンツ、BMW、ボルボ、ジャガー」

平井は啞然《あぜん》とした顔で裕次郎を見ていた。

「本気か、上野」

声が掠れている。

「本気です」

こともなげに頷く裕次郎の耳に、平井が唾を飲み込む音が届いた。

「それで、もしウチが負けたら」

裕次郎はしっかりとした眼差しで、平井の目を見返した。

「その時は平井さんに、にこにこフィットネスクラブを辞めてもらいます。そして」

「そ、そして」

「そして、夕顔瀬スイミングクラブのコーチに就任してもらいます」

「なにぃ」

呆気にとられる平井をよそに、裕次郎はしてやったりの笑顔を見せた。

「これにてコマが揃いました。勝負。じゃあ、後ほど」

呆然と立ち尽くす平井をそのままにして、裕次郎は自分の荷物を置いたベンチに戻り、悠然と腰を下ろした。だが内心では、またやってしまったかと苦笑いしていた。勝負になると、つい自分を追い込んでしまうのが悪い癖だった。

誰も押さえる者のいなくなったドアは、ひとりでに閉まった。

すぐにくもりガラスの向こうに人影が走り、再びドアが荒々しく開けられた。飛び込んできたのはヒロシだった。

「騒々しいぜ。少しは気を使え。みんな集中しているところなんだからよ」

「スンマセン。でも凄いんすよ、社長」

「何がだ」

ヒロシは腰を屈め、悪戯《いたずら》っ子の目で近づいてきた。

「応援席っすよ」

「応援席。それがなんで凄《すげ》ぇんだ」

「いいから、ちょっと来てくださいよ。さぁ、社長」

下卑た笑いを隠しきれないヒロシに腕を取られたまま、裕次郎は引っ張られるようにしてプールの入り口まで連れてこられ、衝立の陰に立った。

「見てくださいよ。社長を応援するために、凄いメンバーが来てますから」

「なにぃ」

裕次郎は恐る恐る衝立の横から顔だけ出してみた。雛壇の形をした応援席は、各クラブの応援団でいっぱいで立錐《りっすい》の余地もない。

「すげぇ、人だな」

呟きながら目で探すと、夕顔瀬スイミングクラブの青い旗が視界に入った。

次に視線を落とす。

「うわっ」

裕次郎は目に入った光景に思わず驚きの声を上げ、瞬時にカメのごとく首を引っ込めた。

「なんだよ、あれ」

意味もなくヒロシの肩を摑み、前後に激しく揺すった。ヒロシは楽しげに笑い声を漏らしている。

「社長の応援団に決まってるじゃないっすか」

「な、なんで、あんなに」

裕次郎は動転していた。信じられないモノを見てしまった思いがしていた。

裕次郎はヒロシの肩から手を離し、思い切り息を吸い込んで呼吸を整えた。

あらためて衝立の陰から首を伸ばして確かめてみる。

「あちゃー」

思わずため息が出た。

夕顔瀬スイミングクラブの旗の下。雛壇の最上段左側では、『花園』の文香と千穂子が顔を寄せ合って、プールで泳ぐ選手らを目で追っている。その隣には売れっ子の薫と好江の姿もあった。

さらに右側では『枯野』のトメとマツが、県警の前田を挟んでしきりに何か喋っている。トメの手にしている物は重箱だ。館内は飲食禁止だというのに、軍配の形をしたお茶《ちゃ》餅《もち》を前田に勧めているようだった。

その隣には総務部長の源太が、経理の二人の女子社員を連れて腕組みしていた。

一段下には坊主頭に赤いバンダナを巻いた、兄の道太郎の姿。道太郎は膝の上に美咲を乗せ、プールに向かって何か叫んでいる。応援団長だった血が騒ぐのだろう。

その左隣にはマサコが座り、穏やかな笑みを浮かべている。裕次郎はここ一週間というもの、マサコが提唱するグリコーゲン・ローディングという栄養摂取方法を強制されていた。運動のためのエネルギー源を、より多く確保しようという食事メニューで、理論はわかったが、ここにきて正直辛くなっていたのだ。というのも、ここ三日間の食事メニューは芋《いも》と豆中心だったからだ。裕次郎は子供の頃から、芋が苦手だった。こうして見ていても、マサコの顔が芋に見えてくる。

さらに左側に視線を移す。マサコの隣にいるのは、祖母のツタだ。この暑さの中でも着物を着用している。背筋をピッと伸ばした姿が凜々《りり》しかった。

ツタの隣で楽しげに会話しているのは妻の恭子だ。そして会話の相手は、久しぶりに見る母の志摩子《しまこ》だった。

「母さん」

思わず呟いていた。母は顔色も良く、健康そうな笑いを恭子に返している。

「どうです、社長。オールスターっす」

裕次郎の感傷を引き裂いたのは、ヒロシの自慢げな口ぶりだった。

「バカ、ヤベエぜ。よく見ろ。文香の真下に座ってるの恭子だぜ。浮気したのバレたらどうすんだ。文香にはつい口が滑って大会のこと言っちまってたけど、日にちまでは言ってなかったからうまく誤魔化《ごまか》そうと思ってたのによ」

「大丈夫っすよ。まったく社長ったら、こういうことになると気が小さくなるんだから」

「だってよー。しかし、なんであんなに来てるんだ。やりにくくてしょうがねぇじゃねぇか。なぁ」

裕次郎は諦めたような顔でヒロシを振り返った。

「えっ。いっぱい来たほうがやり甲斐があるって、言ってませんでしたっけ」

ヒロシは狼狽の色を浮かべた。裕次郎はピンと来た。元来勘は鋭いほうだった。

「まさか、お前がみんなに教えたんじゃねぇだろうな」

ヒロシは慌てて首を振った。

「いえ、教えてなんかいませんよ。ただ」

声が上擦《うわず》っている。下半身が逃げる体勢になっていた。

「ただ、何した」

「大会案内の紙を、ファックスしただけっす」

「バカー」

裕次郎の飛び蹴りがヒロシを襲った。だが予期していたヒロシはすんでのところでかわし、通路へと逃げた。

「待ちやがれ」

裕次郎が追う。たいして逃げ場はない。ヒロシは結局夕顔瀬チームの控室へ逃げ込むしかなかった。もはや袋のネズミである。

不敵な笑みを浮かべながら、裕次郎はゆっくりとドアを開けた。加山と神村と大島が振り返った。もう一人いるはずだ。見ると奥のシャワールームのカーテンが、かすかに揺れていた。

「あそこか」

呟いた裕次郎に加山が歩み寄ってきた。裕次郎は握った拳を慌てて開いた。

「上野さん、薬が効きましたよ。まったくたいしたもんです。あれだけひどい下痢がピタリと治まりましたよ」

「そうですか。それはよかった」

「おかげでなんとかなりそうです。ありがとうございます」

「いえいえ、礼にはおよびませんよ」

微笑む裕次郎に、加山はこっそりと囁いた。

「女房と息子が来てるんですよ。それでやたらと緊張しちゃって。実は私、家じゃあ、やっかい者扱いされてましてね。夫婦関係は冷えきってますし、息子なんか口もきかないんです。それでなんとか一気に関係修復をはかろうと、大見得切っちゃったもんでね。お父さんの泳ぎを見て、ビックリするなよ、なーんて」

「ほう、いいじゃないですか。ビックリさせましょうよ」

「ええ、そのつもりで頑張ってきました」

裕次郎は頷き、神村と大島にも声をかけた。

「さぁ、あと少しで本番だ。練習の成果を見せつけてやろうぜ」

「はい」

神村が立ち上がった。

大島も座ったまま、無言で頷いた。

ふと見ると、シャワーカーテンの合わせから目だけ出して、ヒロシがこちらをうかがっていた。

「しょうがねぇな。おい、こっち来い」

ヒロシはまるで尻尾を振る小犬のように飛び出してきた。裕次郎の傍までくると、耳元で囁く。

「へへへっ、社長。加山さんに飲ませた薬って、いつものアレでしょ」

「ああ。二日酔いの薬だ」

「やっぱり。でも、なんでアレって効くんすかね」

「ほら病は気からとか、イワシの頭も信心とか言うだろう。要は凄い薬だと思い込ませれば、何でもいいんだ。怪しい新興宗教とかで使う手だ」

「なるほど」

感心するヒロシの耳元に、今度は裕次郎が囁いた。

「それより、ちゃんと手筈《てはず》は整えたんだろうな」

裕次郎の瞳が一瞬信じられないほど冷たく光った。加山や神村には、決して見られたくない氷の輝きだった。

それが何を意味するのか理解したヒロシは、おちゃらけた顔を瞬時に真顔に戻して身を固くした。

「バッチリっす。奴はとっくにスタンバイできてます」

「そうか」

ヒロシの瞳も、同じ輝きを見せた。口許《くちもと》に浮かぶ笑みも、心底冷たいものだった。

その頃、にこにこフィットネスクラブの応援席最前列に、なんとも態度の悪い男の姿があった。

館内は禁煙であるにもかかわらず、煙草をうまそうに吸っている。周りの連中も気づいてはいるが、誰も注意しなかった。いやできなかった。

それはその男と、その左右を固めるように座っている黒ずくめの男たちが漂わせているガラの悪さのせいだった。

真ん中の男はまだ若い。三十歳そこそこだろう。グレーの縞《しま》が入った、ダブルのブレザー姿。右手にはギラギラと輝く金のブレスレット。左手には、これまた金のロレックス。色白の瓜実顔《うりざね》だ。薄い眉とつりあがりぎみの細い目を隠すように、黒いサングラスをかけていた。

　どこから見ても、カタギには見えない。

　男は神経質そうにサングラスの真ん中に人指し指をあて、軽く持ち上げると関西弁でまくし立てた。

「臭《くさ》ーっ、たまらんわぁ。ワイ、ほんまにプールって嫌いやねん。シノギや思うて我慢しとるだけで、この消毒臭さがアカンのやー」

　周りの男たちはただ愛想笑いを浮かべている。

「なんか反応せえや。ボケるとかツッコムとか。まったく東北人はこれやからな。寡黙《かもく》が美徳だと勘違いしとる。主張せんとアカンでー」

　毒づくこの男こそ、関西の武闘派集団熊坂組の最年少幹部で、北東北制覇の先兵として送り込まれた今岡義男《いまおかよしお》であった。

「だいたい水泳なんて、貧乏ったらしい趣味や思わへんか。どうせやるんやったら、ゴルフでもやらんと。これやと、なんのニギリもできんやないか。まったく面白みのないスポーツやで」

　今岡のボヤキに両サイドの二人は、付き合って頷いた。

　そこへ慌てた様子で駆け込んでくる男の姿があった。地味な紺のビジネススーツ姿で、太鼓のように突き出た腹を揺らしながらやってくる。額からは汗が滝のように溢れ、それをチェックのハンカチですくい取るようにして拭きながら、転がるような足取りでやっとこさたどり着いた。ギョロ目があちこちを向いて落ちつきがない。にこにこフィットネスクラブの武藤支配人だ。支配人と言えば聞こえはいいが、実は三陸悠々連合の構成員だった。三陸悠々連合は黒沢組の誘いをはぐらかしながら、広域組織である熊坂組の傘下に入ろうとしていた。

「た、た、大変です」

「どないしましたん、そんな慌てて。慌てるナントカはもらいが少ないとか言いまっしゃろ。男やったらデーンと構えて、落ちつかなあきまへんで」

「そ、それはそのとおりですけど。いや、大変なんです。さ、さ、さっき弁護士がやってきて、大島から手を引けって」

「なんやて、弁護士やて。あのアホ、駆け込みよったか。そーかー、そんな知恵があるとは思わんかったな、で」

今岡は足を組み替えながら先を急がせた。

「はい。今までトイチで払った分で、ほとんど元本は返しているはずだから、残りの分と正規の利息分を払いにきたって」

武藤は内ポケットから茶封筒を取り出すと、上下に振った。小銭の音がした。

「なんや小銭ばっかりかい」

「いえ、札も入ってます」

「そうか。で、あんたすんなり受け取ってしもうたわけや」

「そ、それはそうですよ。受け取らないと違法金融で訴えると脅されましたから」

「脅されたぁ。悪いやっちゃなぁ、弁護士のくせに。そうか。岩手にもそんな弁護士がおったか、うーん」

今岡は額に手をやり、しばし考えた。結論はすぐに出た。

「まぁ、しゃあないなぁ。まだ地元の弁護士と揉めたないし、ええやろ。大島は充分に利用したわけやし。足をつるふりせんでも、ウチんとこが勝つんは確実なんやろ」

「それはもちろん。楽勝です」

「だったらええわ。ほら、武藤はんも隣来て座りなはれ」

「はっ、では失礼して」

武藤は腰を折り、男たちの間に太った体を割り込ませた。かがんだ拍子に、額からボタボタと汗が落ちた。

「あちゃー、あんた少しは痩せなアカンで。なんたってフィットネスクラブの支配人なんやから。アカン、アカンわ。見てるだけで、暑苦しい」

今岡は武藤から視線をそらせた。

運命の400メートルリレーの時間がやってきた。盛岡市内の四つのクラブの代表たちが、それぞれに手足を動かしながらスタート台の向こうに集まってくる。レースは7コースあるうち、3コースから6コースまでを使う。事前に抽選でその順番が決まっている。

3コースが都南スイミングクラブ。4コースはマリンブルーフィットネスクラブ。5コースがにこにこフィットネスクラブで、夕顔瀬スイミングクラブは一番応援席寄りの6コースとなっていた。

各クラブのメンツのかかったレースということを伝え聞いたのか、観客のボルテージも自然と高まり、抑えぎみの室内温度を上げている。ひっきりなしに声援が飛びかい、特に大応援団が陣取る夕顔瀬スイミングクラブの応援席は一際《ひときわ》凄まじかった。そしてそのボルテージは、ボディースーツ姿の裕次郎が姿を現すと、ついに頂点を迎えた。

「社長、素敵ぃ」

ホステスたちと女子社員らが黄色い声援を送る。

「社長、頑張ってぇー」

　ボズデズたちも負けじと黄土色《おうど》の声援を送る。その一つ一つの声援に敏感に反応し、振り返っているのは恭子だ。

「パパー、ファイトー」

　膝の上の小さな美咲が声援を送るのを聞いて、元来応援団馬鹿の道太郎は我慢できなくなって立ち上がり、その場を仕切りだす。なにやら辺りに声をかけた後、いきなり両手をV字に広げてプールの方を向いた。

「それ、エールゥ。フレーェ、フレーェ、夕顔瀬、それーぇ」

「フレフレ夕顔瀬、フレフレ夕顔瀬」

　瞬時に反応した源太の野太い声に、黄色い声と黄土色の声が重なる。にわか応援団にしてはなかなかのまとまりで、声を出した者たちはみな顔を見合わせて笑いだした。さすがはかつて伝説の応援団長と呼ばれた男の采配《さいはい》であった。

　逆ににこにこフィットネスクラブの応援席からは口汚いヤジが飛んだ。もちろんターゲットは、ボディースーツ姿の裕次郎である。

「なんや、ワレェ。イアン・ソープのつもりか、ドアホ」

「見かけ倒し、見かけ倒し」

「勝つのはにこにこに決まってるんや」

もっともヤジを飛ばしているのは、今岡と武藤の二人だけだった。

裕次郎はなんの反応も見せなかった。声援に対しても、ヤジに対してもだ。ただ静かにプールを見つめている。

公認50メートルプールの水温は二十七度。ガラス越しに差し込む早春の日の光を反射させ、透明なはずの水が金色に輝いて見える。

スタート台の前面から15メートルのところには、ルールに則って水面上1・2メートルの位置にフライングロープが張られている。

何もかも昔のままだと、裕次郎は思った。まるであの頃に戻ったような錯覚にさえ襲われていた。だが周りにいるのは現在のチームメイトの姿だった。裕次郎は深呼吸して、チームメイトに声をかけた。

「いいか、みんな。練習通りの力だけじゃ勝てねぇ、たぶん」

「勝てないですか」

神村が不満げに言い返した。裕次郎は頷いた。

「そうだ。勝負は甘いもんじゃねぇ。しかし勝負に魔物はつきものだ。ようは魔物を味方にすればいいんだ。その方法は一つだけある」

「な、なんですか」

加山が慌てて聞き返す。

「愛だ」

意外な言葉を恥ずかしげもなく言い切る裕次郎に、チームメイトの視線が集中した。

「愛、ですか」

呆然と口を開ける大島の顔を見返しながら、裕次郎は続けた。

「そう、愛だ。愛する人のことを思い浮かべるんだ。魔物は愛が好きらしい。まぁ、俺の経験だがな。つまりは誰かのために泳ぐということを強く意識するんだ。たとえば神村君の場合はみずほちゃんだな」

神村は真っ赤になった。目が応援席のみずほを探している。

「加山さんの場合は家族だ。そして父権復活といきましょう」

加山は頷き、応援席の息子に手を振った。

「大島先生の場合は、わかっているだろうが、宮古にいるオフクロさんだ」

「はい」

大島は力強く頷いた。

「自分は一人じゃねぇ。誰かのために泳ぐんだという気持ちがあれば、実力以上の力を発揮できるもんだ。たしかににこにこフィットネスクラブのほうが、個々の力は上だろう。

だがな、俺たち一人一人が愛の力でつなげば、結果はついてくるんじゃねぇのか」

裕次郎の言葉が持つ不思議な説得力に、三人は黙って頷いた。

「選手のみなさーん、それぞれ位置についてくださーい」

係員の声がかかった。

「上野さん」

スタート台に向かう第一泳者の神村が、振り向いて訊いた。

「上野さんは誰のために泳ぐんですか」

「俺か。そうだな。今日だけは、悪いが自分のためだ」

「ずるいなぁ」

「俺、自分のことを愛してるんだ」

笑い返す裕次郎に、神村は唇を尖らせた。

審判長のホイッスルが声援を断ち切るように響いた。各コースのスタート台に、それぞれのクラブの第一泳者が立つ。

3コースの都南スイミングクラブの第一泳者は、神村と同い年くらいの学生に見えた。神村よりも背はあるが、細くてマッチ棒のような体型をしている。

4コースのマリンブルーフィットネスクラブの第一泳者は、小柄なボディービルダー体型をしていて、角張った体が蟹《かに》のようだった。

誰もが度肝を抜かれたのは、5コースのにこにこフィットネスクラブの第一泳者だ。身長が1メートル90センチはあるであろう岩上《いわかみ》という大男で、発達した大胸筋はプロレスラーを連想させた。隣に立つ神村が、まるで子供に見える。

神村はゴーグルをずらしながら大男を見上げ、ため息をついている。

裕次郎はすかさず声をかけた。

「しっかりしろ。取っ組み合って喧嘩するわけじゃねぇんだ。前を見ろ」

神村は深く頷くと、前を向き入水点を確認した。

泳法監察員や補助員などが定位置についた。出発合図員がピストルを確認している。競技役員は公平を期すため、県水泳連盟の役員が担当している。五十代後半と思える出発合図員の男に、裕次郎は見覚えがあった。かつてはその男の鳴らすピストルで、何度もスタートを切ったものだった。男も裕次郎に見覚えがあるらしく、時々さりげない視線を送ってくる。

「よーい」

出発合図員が右手を高々と上げた。それまで賑やかだった館内に、一瞬の静寂がやってきた。各選手がスタートの姿勢をとる。ほとんど合間を置かず、ピストルが鳴った。

「パーン」

乾いた音に反応して、四人の選手がスタートを切った。フライングはない。館内に再び大歓声が沸き上がった。

神村は裕次郎譲りの見事なトラックスタートを見せた。大男の岩上を除く三選手は、ほぼ同じ位置で入水した。岩上はさらにその先に、高らかな水飛沫を上げて入水する。すぐに三選手の頭が浮かんで、ほぼ同時に泳ぎだした。だが岩上の体はまだ水没したままだ。

15メートル地点で、岩上の頭が浮かんだ。すでに1メートル以上先行している。マッチ棒や蟹男の泳ぎには動揺が見られた。泳ぎのリズムが微妙に狂いだしている。

神村は自然体だった。やや力みは感じられたが、リズムを大きく狂わすほどではない。その差が泳ぎに現れる。徐々にマッチ棒や蟹男との間が広がりだした。神村は斜め前を泳ぐ岩上の後を懸命に追った。

プールの壁が近づいてきた。ターンだ。折り返し監察員が身を乗り出している。

真っ先にターンしたのは岩上だ。岩上は壁に手をつくと、肘を伸ばしながら体を回転させて足を壁に引き寄せた。ターンは苦手らしくて、ノーマルなオープンターンだった。

いける、と神村は思った。神村は壁の前で回転を起こして方向を変え、足が壁につくのと同時に蹴りだした。練習では三回に一回しか決まらなかったフリップターンが、本番で鮮やかに決まった。

「いいぞ」

裕次郎は思わず叫んでいた。

岩上の体に並びかける。岩上は神村の存在に気づき慌てた。その一瞬の隙に神村の体が並んだ。マッチ棒と蟹男はどんどん離されていく。神村と岩上は並んだまま75メートル地点を通過した。わずかに岩上が先行している。神村も精一杯の泳ぎだ。

応援席の最前列で一人の若い女性が立ち上がった。ショートカットの可愛らしい娘で、裕次郎はそれがみずほだと気づいた。みずほは白いハンカチを握りしめながら、一歩前に出て叫んだ。

「ガンバレ、神村君。もう少しよ。負けないでぇ」

その声が神村に届いた。たしかに届いた。

神村は奮いたった。体力的には一杯一杯のはずなのに、死に物狂いの形相《ぎょうそう》で岩上にくらいつく。もはや抜くことはできないだろう。しかし決して離されない覚悟だった。

水飛沫が一段と増す。そのままの勢いで両者は壁にタッチし、第二泳者に引き継いだ。

加山が飛び込んだ。苦手なスタートもなんとか克服し、一応見られるグラブスタートになっていた。十日前まで腹打ちしていた男にしては、上出来のスタートだった。

一方ににこにこフィットネスクラブの第二泳者は、元夕顔瀬スイミングクラブ所属だった山辺《やまべ》だ。どんな条件を提示されたのか定かではないが、古巣をあっさり捨てた男に、加山は負けたくなかった。

実力は山辺のほうがはるかに上である。しかし加山も離されまいと懸命に水をかく。肘の位置は高くゆったりとした泳ぎだが、リカバリーがうまくできているためスピードは一定の速さを保っていた。頭の位置も正確である。手のひらも水面に対して四十五度で入水している。スタートさえ除けば、遠泳の教科書通りの泳ぎ方だった。

だがこれは遠泳ではない。短距離リレーだ。このままでは後半スパートをかける山辺に離されるのは目に見えていた。

山辺がターンする。型通りのフリップターンだ。やや遅れて加山もぎこちないフリップターンで続いた。その差がまた少し開いた。

たまらず裕次郎は声を張り上げた。

「加山さーん。ビルドアップ。スピードアップだ。ガムシャラに行け。大丈夫、あんたならできるぜー」

加山は一瞬戸惑いの色を見せた。

今まで常に一定のスピードで泳ぐことを心掛けてきた。ムキになって泳いだことなど一度もなかったのだ。

その姿勢は幼い頃から変わっていなかったし、仕事や私生活でも貫かれていた。小さい頃から温厚で、時間や規則をきちんと守る良い子だと誉められた。夏休みの宿題だって、一日三ページと決めて毎日欠かさずやった。

大学を卒業し県職員になってからの十三年間も、判で押したような生活を続けてきていた。結婚してもそれは変わらない。朝起きる時間から夜寝る時間まで、スケジュール通りに過ごすことが美徳だと信じきっていた。

ましてや人前でムキになることなど、恥ずかしいことだとしか思えなかった。

加山は、ハッとした。

それで家族と口論になったのだ。妻には面白みのない人だと言われた。息子にはお父さんといると窮屈だって告げられたのだ。

ショックだった。自分にはそれが理解できなかった。なぜなら自分は家族のために生きているんだという自負があったからだ。なのに妻も息子もわかってくれない。わかってくれないほうが悪いんだと開き直ってみようともした。しかしそれは当然解決には結びつかなかった。

ビルドアップ。スピードアップ。ガムシャラ。耳に飛び込んできた横文字が、頭の中で跳ね返る。できるか、そんなもの。自分は泳ぎも人生もイーヴンな人間なんだから。加山は自分自身に言い聞かせようとした。

その時だ。ふいに怒りのようなものがこみ上げてきた。なんだかわからないが、それは腹の底から噴き上げてくる感じだった。

応援席の二段目で声を嗄《か》らさんばかりに声援を送る母子の姿があった。加山の妻と息子である。加山の耳には声援は聞こえていない。それどころではないのだ。

70メートルに差しかかった時、呼吸をするため顔を横にした加山の目に、妻と息子の姿が一瞬入った。なんだか声援を送ってくれているようだな、と他人事のようにとらえていた。息子の口が動くのが見えた。唇の動きがやけにゆっくりと目に入った。息子はこう叫んでいた。お・と・う・さ・ん・お・い・つ・い・て、と。耳の奥でガムシャラという言葉が大きくなった。

クソーッ、と心の中で叫んだ。冷静に隣のコースを確認する。少し離されてきたように感じた。このままではせっかく神村が踏ん張ってくれた分を無にしてしまいそうだった。神村の屈託《くったく》のない笑顔が脳裏に浮かんだ。神村は恋のために泳いでいると言っていた。好きな人に自分の思いを伝えるためにも、死に物狂いで泳ぐのだと。その姿を自分は、多少の羨ましさと多少の青臭さを感じながら、ものわかりのよい大人の笑顔で受け止めた。

　負けたら自分のせいだ、と加山は急に思った。神村に一生恨まれるかもしれないという思いが強迫観念となった。耳の奥で再び誰かがガムシャラと叫んでいる。体が急激に熱くなっていく。ふと自分の中で何かが壊れる音がした。

　加山は切れた。生まれて初めて自分の枠を踏み越えたのだ。突然スピードアップを試みる。それは自分のポリシーに反する泳ぎだった。バランスの崩れを一瞬心配したが、問題はなかった。リカバリーのスピードを上げてみる。2ビートのキックを、試しに6ビートに変えてみた。練習の合間に裕次郎の泳ぎを見て覚えたキックだ。効果はすぐに表れた。車がまるでギアチェンジしたみたいに、自分の体がグングン前に行く感じがした。

　なんて気持ちがいいんだろう、と加山は感じていた。こんな感じは初めてだった。

　斜め前に山辺の背中が見えた。確実に近づいていていた。

「行けぇー、そのまま差せぇー。マンシュウだぁ」

　裕次郎は競馬場と勘違いしそうな声援を送った。

　加山が並びかけた。それに気づいた山辺も懸命に逃げる。他の二つのクラブは、はるか後方だ。

　わずかの差で山辺が先にタッチした。

にこにこフィットネスクラブの第三泳者が水飛沫を上げる。小柄だが均整のとれた体格をした江口《えぐち》という男だった。すぐに大島が続いた。もはやマッチレースだった。にこにこフィットネスクラブの応援席最前列では、今岡が貧乏ゆすりを続けていた。

「なんや、やるやないか夕顔瀬の連中」

「そ、そうですね。予想外の健闘といったところでしょうか」

武藤が汗を拭きながら答える。ハンカチは絞《しぼ》れるほどに汗を吸っていた。

「ほんまやったら、あの大島で決まりやったのに、まったく」

「大丈夫です。大島なんて当てにしなくても勝ちますから」

「ほんまやろね」

「見てくださいよ、現にリードしてるのはウチですよ。それにこの後にはヘッドハンティングした平井が控えてますから」

「ふーん。まぁ、見せてもらうわ」

今岡はまた煙草をくわえた。

プールでは激しいデッドヒートが繰り広げられていた。大島が追いつくと、江口はスピードを上げ、突き放す。その繰り返しだった。大島も必死だ。なんといっても自分自身の債務がかかっているのだ。人生をやり直すと誓ってもいた。なにより諦めたりしたら、裕次郎に何をされるかわからなかった。

役員席の競技役員らは身を乗り出して観戦していた。

応援席からは、悲鳴にも似た声援が飛び交っている。

「上出来だ」

裕次郎は呟いた。事前情報の5秒の差などない。せいぜい1秒差以内で飛び込めそうだった。

「そのまま離されるな」

呟きながら裕次郎は手足をブラブラさせた。隣では平井が緊張の面持ちで、屈伸運動を続けている。

一瞬目が合った。平井は引きつった笑いを浮かべた。裕次郎はニヤリと笑い返した。

平井は視線をそらせるとスタート台に上がった。裕次郎も深呼吸してスタート台に足をかけた。

ゴーグルの向こうに二人の姿が見える。その差はわずか数十センチしかない。しかしその差を縮められる力は、もはや大島には残っていないだろう。はるか後方で残りの二チームの第三泳者がターンするのが見えた。

勝つのはにこにこか夕顔瀬のどちらかに絞られた。

「勝つぜ。アンカー勝負だ」

裕次郎は口に出した。その声は平井にも聞こえたはずだ。

体が熱くなってきた。アドレナリンが全身を駆け巡っているのだ。

大島が近づいてくる。必死さが伝わってくる泳ぎだ。

隣のコースでは平井が腕のワインドアップを始めた。正しいリレーのスタート方法だ。こうして泳いでくる選手のタッチのタイミングをはかりながら、ゆっくり加速するのだ。リレーの場合、早いスタートはフライングと紙一重である。しかしそれを恐れていては、1秒から0・5秒のタイムロスにつながる。どこで飛び出せばいいのかは、経験がものを言うのだ。

平井の手が後ろに行き、膝が曲がった。上体が倒れて、飛ぶ姿勢に入った。

裕次郎は動ぜず、じっと足元を見ている。大島の頭はまだ見えない。ふと視線を上げると、大島が苦しげに手を伸ばしていた。

「まさか」

裕次郎は口にした。

「バカヤロー。演技なんかすんなぁ」

大島は真っ赤な顔で答えた。

「本当に、ウプッ。つったぁ」

「バカァ」

手をバタつかせながら、それまでの勢いだけで近づいてくる。

平井が飛んだ。さすがの裕次郎も焦った。

「こい。もう少しだぁ」

「すみま、ゲボッ」

その手が今、やっとタッチした。

裕次郎は勢いよく飛び込んだ。獣のような荒々しいトラックスタートだ。先に飛び出した平井の姿が視界に入る。

平井が入水した。水飛沫も控えめのきれいな入水だ。その姿を別世界のもののように、裕次郎は見ていた。

数秒遅れた裕次郎は、手先から足先までが一本の矢になったような意識だけを持って、水面に突き刺さった。

潜水しながらも相手の動きを見る。一足先に平井は浮かんだ。すぐにテンポのいい6ビートキックが奏でられる。裕次郎も浮上して後を追った。

その差は1メートル以上あった。

応援席で大笑いしている男がいた。今岡だった。

「なんやのん、よう教育しとるわ。なぁ、武藤はん」

「えっ。いやぁ、義理がたいと言いましょうか。やってくれましたね」

二人には大島が本当に足がつったことなど知る由もなかった。

「今度会ったら、また金貸しとき。あいつは、カワイイやっちゃ」

「そ、そうですね」

二人の会話など関係なく、レースは続いている。

平井はターン寸前だった。壁の前で回転を始める。得意とするフリップターンだ。ゴーグルの中に黒い弾丸となった裕次郎の姿があった。平井は冷静に自分のリードを再確認した。このままでいけると思った。

凄まじい勢いで裕次郎は壁に向かった。誰もがぶつかると思った瞬間、裕次郎はクルリと前方回転し、はじかれたスカッシュのボールのように元の方向に返った。

館内はどよめいた。鮮やかなゲインズターンだった。

役員席で身を乗り出した審判長が、つい手を叩いてしまっていた。

その差が一気に50センチに縮まった。

まさに竜虎の闘いだと、役員席で誰かが口走った。役員席の片隅に座り、立場上おとなしくしていた中村は、胸の中で違うと叫んだ。

竜虎ではない。平井が竜ならば、裕次郎は獅子なのだと。

中村の目には見えていた。黒いボディースーツ型水着の奥に潜む唐獅子が、口をカーッと開けて水面を疾駆していく姿が。

裕次郎がじわりじわりと追い上げている。その差が数センチずつ縮まっていく。平井も懸命に逃げようとしている。

応援席で道太郎はエールを送る。しかし誰も続かない。一人一人が、それぞれの声援を送るのに夢中だった。

「うお————っ」

大男の源太が仁王立ちして吠えている。

「おんどりゃー、イケイケ。差せぇ」

マサコが拳を握りしめ、柄にもない怒声を上げる。

美咲は初めて見るパパの雄姿に心を奪われていた。温厚なマサコが上げる信じられない怒鳴り声も、大して気にならなかった。ママの恭子も手を固く握り、額に青筋を浮かべている。知らないきれいなお姉さんたちも、パパを応援しているようで、甲高い声を上げ続けている。人のよさそうなお婆ちゃんたちも歯をくいしばっている。なにか叫ぼうとするたびに、入れ歯が前にせりだすのが見えた。

残り15メートルを示す青いマーカーを裕次郎は捕らえた。その時点で二人は並んだ。

裕次郎の脳裏に、かつての日々が蘇《よみがえ》った。

燦々《さんさん》と降り注ぐ太陽。ひっきりなしに続く声援。その中で俺は平井に勝った。県新記録を樹立したのだ。あの時は、残り15メートルで逆転したのだった。

だが今の俺は昔の俺じゃない。週に三日、密かにトレーニングをしているといっても、それは孤独な道楽だった。たった一人記録に挑んでいるのも、何か目標が欲しくてやっているだけのことだ。きつかったら止まればいい。つらかったら休めばいい。そんな甘えの許される個人トレーニングを続けていただけの話だ。だがこれはリレーだ。自分だけの孤独なレースではない。おそらく今この瞬間、祈るような気持ちで自分の泳ぎを見つめている仲間たちがいるのだ。

心臓はバクバクしていた。しかしここで止まるわけにはいかなかった。前に進むしかない。体はすでに限界に近づいていた。

「へい、へい」

裕次郎の耳に懐かしい声援が届いた。体がピクリと反応した。

その声援は中学時代の鬼コーチの口癖だった。もうダメだと思うと、いつもその言葉が選手を叱咤《しった》激励してくれた。この言葉が聞こえたら、120パーセントの力を出せと鬼コーチは選手らに刷《す》りこんだのだ。

声の主は中村だった。たまらず身を乗り出している。中村は再び叫んだ。

「へい、へい」

条件反射だ。裕次郎の体に力が蘇った。一気に加速する。ゴールで仲間たちが待っているのだ。もはやすべての力を、出し尽くすのみだった。

激しい水飛沫が上がった。

ここまできたら技術ではない。気力だ。すべてが自分にかかっているのだ。神村の恋も加山の家庭崩壊も、そして大島の人生やり直しもだ。さらには親友のスイミングクラブの経営と、ヤクザとしての自分自身のメンツ。恭子やマサコの敵討ちもだ。背負ったものが重ければ重いほど、俺は速く泳がなければならないのだと裕次郎は思った。そして勝たない限り、明日は始まらないのだと。

ゴールが目の前に迫った。隣の平井を気にする余裕などない。裕次郎は必死に手を伸ばした。指が真っ直ぐに伸びる。その先がザラザラした壁にタッチした。

館内が割れんばかりにどよめいている。男の歓声と怒鳴り声。女の嬌声《きょうせい》と悲鳴。足を踏みならす音。沸き上がる拍手。

どっちだ、と裕次郎は水の中に沈みながら思った。

再び水面上に顔を出し、ゴーグルをはずして顔面の水を拭《ぬぐ》う。雫《しずく》のこぼれるぼやけた視界に、ガッツポーズをしている中村の姿が飛び込んできた。

「勝ったのか」

呟く裕次郎に、頭上からうれしい声が次々と降ってきた。

「勝ちましたぁ」

神村は泣いていた。

「やりましたよ」

加山は満面の笑みを浮かべている。

「すみません。あの」

大島は今にも泣きだしそうだった。

「気にするな。勝ったからいい。文字通り水に流した、なーんちゃってな」

おどける裕次郎にチームメイトから笑いが起きた。

「上野」

隣のコースで立ち尽くしていた平井が近づいてきた。握手を求めている。裕次郎は固く握り返した。

「凄い奴だな、お前は。まーた、負けちまったよ」

「いえ、平井さん。俺が勝ったんじゃねぇ。俺のチームが勝ったんです」

「そ、そうだな。まったく夕顔瀬スイミングクラブは大したもんだ」

平井は頭上の男たちを見上げた。裕次郎は誇らしげに胸を張った。

「そうだ。平井さん、賭けは覚えているでしょうね」

「まいったなぁ。故郷に帰ってくるなり転職か。まぁ、同じ業種だからカミサンもガタガタ言わないだろうが」

平井の苦笑いに、裕次郎はホッとしたため息を漏らした。

今岡は立ち上がり、苦々しい表情でプールのさまを見つめていた。やがて吸いかけの煙草を床に叩きつけ、振り向きざま武藤の頬をはった。武藤の丸い体が横に転がった。

「ええもん見せてもろうたわ」

吐き捨てる今岡の足に、武藤はすがりついた。

「勘弁してください。こ、これは何かの間違いです」

「アホ。夢やとでも言うんか、このドアホが」

喚《わめ》くと同時に今岡は蹴りをくらわした。ブヨブヨした武藤の腹に、今岡の尖った靴先がめりこんだ。武藤はダンゴ虫のように体を丸めた。その体に唾を吐きかけて、今岡は早足で出口に向かった。怒りに口は歪み、肩からは炎が立ちのぼっているようだった。黒ずくめの男たちが慌てて後を追う。

その姿を目で追いながら、裕次郎はプールサイドのヒロシに目配せした。ヒロシは瞳をギラつかせながら頷き、出口に走った。

裕次郎はプールから上がり、中村が持ってきたタオルで体を拭いた。ボディースーツ型水着が黒光りして見えた。

「ありがとう、裕ちゃん」

「いいってことよ。それより礼を言うならみんなに言えよ。みんな一生懸命頑張ったぜ」

「うん、凄いよー、みんなー」

こみ上げてくるものがあったのか、中村は裕次郎のタオルの端っこを顔に当てた。その周りを他の三人が囲んだ。

「バーカ、泣くなよ」

「う、うん。だってさ、みんな凄かったもの。記録だって凄いよ。3分42秒20だよ。これって全国大会に出られるレベルなんだから」

中村の説明に、四人は顔を一層輝かせた。

「なに、本当か。ちなみに日本記録は」

「たしか3分22秒53だったかな」

「なんでぇ、全然遅いじゃねぇか。期待して損したぜ」

「なに言ってんの。県連盟のお歴々だって驚いてるんだから」

「へー。じゃあ、素直に喜ぼうか、なぁ神村君よ」

「はい。僕は充分うれしいです」

神村がはしゃいだその時だ。

いきなり外でドーンという音が響いた。何かが爆発したかのような音だった。激しい地鳴りと震動でガラス窓がピリピリと音を立てた。


外の駐車場には灰色の煙が立ちのぼっていた。硝煙の匂いも辺りに充満している。煙の真ん中にあるのは、無残に燃え上がるリムジンだった。ドアは吹き飛び、辺りには車の部品やガラスの破片、さらにはリード線などが無秩序に散らばっている。不幸中の幸いといえるのは、その周りに停めている車がなかったことだ。馬鹿でかくて何やらありそうな高級車の隣に車を停めるような無鉄砲な人間は、この盛岡にはいなかった。

近くのビルの窓から身を乗り出してなにか叫んでいる人がいる。反対側の道路では、タクシーの運転手がウインカーを出すのも忘れて停車していた。

吹き飛んだドアは、まさに駐車場に入ろうとしていた今岡の目の前にあった。

今岡は腰が抜けたように座り込み、目を見開いたまま固まっていた。サングラスが斜めにずれている。声を出そうとしても、言葉にならない。ただ意味不明な呻きを漏らすだけだった。

「あわわわわ」

アスファルトの地面には黒いシミが広がっていた。出所は今岡の股間だった。

けたたましいパトカーのサイレンの音が近づいてくる。遠くで消防自動車のサイレンも鳴り出したようだ。役員席のお偉方が雛壇を駆け上って、ガラス窓に張りついた。外の様子が気になるチームメイトらに裕次郎は笑いかけた。

「さぁ、祝勝会だ。飲もうぜ」

「でも、なんだか騒がしいですよ」

加山が目をしばたたかせた。

「なーに、俺たちが勝ったんで、誰かが祝砲でも上げたんだろう」

「そ、そうですかね」

大島は疑いの目を裕次郎に向けた。裕次郎は睨み返した。大島はすぐにうつむいた。

「行こうぜ」

裕次郎は神村の肩に手を回した。

「でも、まだ昼前ですよ」

「かまわねぇ。さぁ、俺の店に行こうぜ。今日は俺のオゴリだ。彼女も家族もみんな連れてこい。これが飲まずにいられるかってんだぁ」

裕次郎の豪快な笑い声が、ざわつく館内にこだました。

応援席の人々はみな、外に気を取られている。その中に一人だけこちらを見て笑っている者がいた。裕次郎の妻の恭子だった。恭子は右手で軽くVサインをした。それを見て裕次郎は力強くVサインを返した。

3 章

1

四月も中旬になると、北国とはいえさすがに桜の便りも聞かれるようになった。県南の一関《いちのせき》市では、すでに市独自の開花宣言を出し、夜桜見物に興じる人々の姿がテレビに映し出されていた。

県都盛岡でも日中の最高気温が十度を超える日が続き、地裁前の名物石割桜の蕾がようやく膨らみはじめた。石割桜は花崗岩を真っ二つに割った間から伸びた樹齢三百六十年を超えるエドヒガンザクラで、国の特別天然記念物にも指定されている。市内で真っ先に花をつける桜として知られていて、それが市民の話題に上るようになると、盛岡の春の訪れを確かなものとして人々はとらえるのである。

街路樹の足元にしがみついていた汚く黒い雪の塊も、その姿を消した。川原の青草が風に揺れ、ウグイスやセキレイが囀《さえず》りながら、青い空を自由に舞い飛ぶ。

やわらかな日差しは、人々の眠気を誘い出す。

春である。誰もが待ち望んでいた本格的な春である。

長く厳しい冬を耐え忍んできた北国の人々にとって、それは南国の人には理解できぬほど大きな季節の訪れなのだ。天の恩恵を信じる季節の始まりと言ってもいい。人々は誰しも外へ一歩踏み出し、その手のひらで春の光をすくってみる。指の隙間から光が零《こぼ》れ落ちた時、人々は春の訪れを体感するのだ。

みちのくの春は、誰もが謳歌《おうか》すべき春なのである。

ところが、ここにしかめっ面で春を迎えている男がいた。

黒沢裕次郎である。

裕次郎は社長室の窓ガラスに映る自分の姿を見ながら考えていた。眉間に刻まれた深い皺が、苦悩の大きさを物語っていた。

傍らに立つヒロシも腕組みをして唸っていた。が、こちらは何も考えてはいない。ただするとことがないので真似をしているだけだった。

「うーむ」

裕次郎はまた唸った。三十分間で十六回目の唸りであった。

「どうするんすか、親分」

社長と言い直させる余裕もないほど裕次郎は考え込んでいた。

実は三十分前まで、ここには中村がいた。弾むようにやってきた中村が告げたのは、裕次郎の全国大会出場の話だった。

先日の対抗戦で夕顔瀬スイミングクラブは見事な勝利を収めた。チームとしての記録は3分42秒２０と、全国レベルで見れば平凡なタイムだが、裕次郎を除く素人集団にしては驚異的な記録だった。その時に出発合図員を担当した県水泳連盟の役員が裕次郎のことを思い出し、個人的興味から裕次郎の記録を計ったのだ。その記録が51秒１５と、実に１００メートルの長水路日本記録に0コンマ7秒遅れという素晴らしいものだったというのだ。もちろん手動計時による非公式記録ではあるが、県水泳連盟の役員たちはみな驚いた。いや中には当日の泳ぎを目の当たりにして、納得する者もいた。

結局県水泳連盟は、今月末に行われる全国クラブ選手権の１００メートル自由形の県代表に、裕次郎を推薦することを決めたのだ。これには県連盟の苦しい事情が絡《から》んでいた。有力な選手は都会の大学に進学してしまい、岩手には残っていなかったのだ。全競技で参加標準記録を超える選手がいなかった県水泳連盟としては、なんとしても不名誉な不参加だけは避けたかったのだ。そこへ彗星《すいせい》のごとく現れたのが裕次郎だった。もちろん県水泳連盟の上層部は、かつての裕次郎の実績を覚えていた。

　中村はその知らせの伝令役で、顔を立ててくれと調子のいいことを言って帰っていったのだ。

「うーむ」

　裕次郎は十七回目の唸りを発した。

　たまらずヒロシは言った。

「大丈夫っすよ。姉さん、こないだ大喜びでしたもん。東京行きもオーケーっすよ」

「そんなんじゃねぇ」

　裕次郎は頷き、立ち上がった。

「なんか気色悪いんだ。調子に乗りすぎてるっていうか。こういう時って落とし穴があったりしてな」

　ヒロシは笑った。

「でも、本当は出たいんでしょ」

「バカ。そんなことねぇ」

　裕次郎は慌てて否定した。だが顔が真っ赤だ。元来嘘をつくのが苦手な男なのである。

裕次郎はあの日の泳ぎを思い出した。自然と肩が怒り肩になる。我ながら身震いするほどの泳ぎだったのだ。あれが最後だと思いながらも、焼け棒杭《ぼっくい》についた火の勢いはなかなか消せなかった。

「なんたって日本選手権でしょ。凄いっすよねぇ」

「あーん」

裕次郎は首を斜めに曲げた。

「お前、勘違いしてるぜ。俺に出場要請が来たのは、全国クラブ選手権だ」

「えっ、日本選手権じゃないんすか」

「当たり前だろ。あれはいろいろと選考基準がうるせぇんだからよ。それにそっちはすでに出場選手は決まってて、四月十九日に横浜国際プールでやるんだってよ。つまりは日本を代表するような有力選手は、みんなそっちの大会に出るんだ」

「だったら親分、じゃない社長に出てくれって大会は」

裕次郎は額に指先を押しつけながら答えた。

「おう。全国クラブ選手権ていうのは、地方のスイミングクラブ所属の選手が集まっての記録会らしいな。記録はしっかり公認されるそうだが」

「へー。でも格落ちってやつですか」

「うむ。って、はっきり言うな」

　頭を掻く裕次郎に、ヒロシは目を輝かせて近づいてきた。

「でも、場所は東京なんでしょ」

「江東国際水泳場とか言ってたな」

「やったー」

　ヒロシは両手を突き上げた。

「なに喜んでんだ、お前」

「だって、東京でしょ。風呂行きましょうね。新宿《しんじゅく》、池袋《いけぶくろ》、吉原《よしわら》って選りどりみどり」

「お前ソープに行くこと考えてんのか。なんて奴だ。うーん、だったら新宿はまずい。あそこは今や多国籍だぜ。国内の敵も片づいてないのに、外国と戦争はしたくねぇからな。なんだよお前、千穂子ちゃんがいるんじゃなかったのか」

「えっ」

　ヒロシは絶句した。

「なんだよ」

「いや。あの、千穂子は特別なんす」

「あーん、特別」

「へい。純愛っす」

「バカか」

なじる裕次郎に、ヒロシは真っ赤になってうつむいたままだった。

「お前、まさか」

「へい。千穂子とはやってないっす」

「えーっ」

裕次郎は驚きの声を上げた。

「ヤクザらしくもねぇ。いいかヤクザってのは、普通女を食い物にするもんだぜ。手なずけてから水商売で働かせて、そのアガリを貰うのがヤクザだ。系列の組の連中だって、みんなそうしてるじゃねぇかよ」

ヒロシは答えに詰まった。うつむいたままだった。意を決してヒロシは顔を上げた。

「だから、社長の所にいるんじゃないっすか。社長がそういう人だから、オレ」

裕次郎はその一言に言い返せなかった。ヤクザらしくないというのは、自分自身が散々言われてきたセリフだったのだ。

「ふん。まぁ、いい。千穂子ちゃんは、大事にしたいってか。でもな。だからってお前が東京の風呂に行くってのは、なんだか純愛とは筋違いのような気がするぜ」

ヒロシはそれには答えず、遠い目をして呟いた。

「あの日は、楽しかったっすねぇ」

「ああ」

裕次郎はヒロシの誘導尋問に、簡単にひっかかった。

対抗戦の後は昼過ぎから大宴会となった。勝利の美酒を堪能すべく、裕次郎の経営する中華料理店を貸し切りにしての無礼講だった。

神村は公衆の面前で、みずほに思いのすべてをブチまけた。酔った勢いでキスまでしてしまい、ブチまけついでにゲロもブチまけた。

加山の息子はお父さんの泳ぎを作文に綴《つづ》ると約束した。奥さんも終始にこやかにビールを注《つ》いで回り、陽気にはしゃいでいた。

酔っぱらった大島と中村は、源太が歌うカラオケの曲に合わせてハダカ踊りに興じ、ホステス&ボズデズたちのやんやの喝采《かっさい》を浴びた。調子に乗りすぎて加山の奥さんの頭の上に局部を乗せ「チョンマゲ」とやってしまい、一瞬加山の奥さんを凍りつかせ、同時に祖母のツタからは下品な芸だと顰蹙《ひんしゅく》も買った。

そして裕次郎は美咲と恭子の祝福のキスを同時に頬に受け、男としての喜びを嚙みしめた。もっともその直後にホステスたちとボズデズたちからも祝福のキス責めにあい、恭子から不審の目で見られたことは言うまでもない。

さらに翌々日は、文香を喜ばせるためにもう一頑張りした。昼過ぎから文香の部屋で四発だ。クロールに背泳ぎ。煙草を一服した後に、平泳ぎとバタフライ。まさにベッドの上の個人メドレーだった。思い出すと、またどっと疲れが出る。

「ところでよ。リムジン爆破事件はどうなった」

裕次郎はあの日自分が計画し、見事大成功した事件を口に出した。

「大丈夫っす。現場からリード線や乾電池が発見されて、遠隔操作による爆破と警察では断定したみたいっすけど、犯人を特定するまでには」

「そうか。で、奴は」

「へい。今頃はフィリピンっす」

「そうか」

裕次郎は頷いた。

この世にはトカゲの尻尾切りが存在する。そして自ら尻尾役を望む者もいる。もちろん代償目当てでだ。そんな男を裕次郎は組のルートで手配した。当然裕次郎はその男には会っていない。後々のこともあって、交渉役はヒロシが買って出たのだ。そして計画はすべてうまくいった。おそらくあの日会場にいた前田は薄々感づいてはいることだろう。だがそれもどうやら胸の内にしまってくれているようだった。

裕次郎にも計算があった。年々全国の刑法犯認知件数は増加の一途をたどり、昨年はついに戦後最悪の数となった。それに対して検挙率は年々下がっている。おそらくこのままでいけば、戦後初めて20パーセントを切ることになるだろう。岩手県内も同様だ。つまりは犯罪の五件に四件は未解決だ。日本は平和だというイメージが定着しているが、どっこい実は犯罪大国なのだ。複雑、多様化する犯罪状況に対応しきれていない警察。さらには内部の不祥事と犯罪。裕次郎のような立場にあれば、ばれずに罪を犯すことなど、その気になれば可能なことだった。もちろんそのために金も使っている。

「車は大破させたが、怪我人はいなかったんだろう」

「へい。それはもう確認済みでやりましたから」

「うむ。だったらいい。盛岡のカタギ衆にケガでもさせたら大変だ。それは俺のポリシーに反することだからな。で、あの今岡って野郎はどうなった」

「へい。なんでもビビって大阪に帰ったとかで。まぁ、後任が来るまで、三陸悠々連合も動けないものと」

「そうか。あの熊坂組のことだからこのままですむとは思えんが、大阪じゃ中国の蛇頭との小競り合いが続いてるっていうし、ひとまず様子見か。次に出張ってきた時が、本当の勝負だな」

裕次郎は納得した。黒光りする椅子に深く寄り掛かり、クルクルと回りながら裕次郎はまた子供のように呟いた。

「うーむ、どうしようかな」

「だから」

「わかってるって。呟いてねぇと落ちつかねぇだけだ」

こうして二人の不毛の会話は、延々と続くのだった。

黒沢家のダイニングルームは、だだっ広い。十人掛けのオランダ製のダイニングテーブルに座るのは、いつも四人だけだ。上座に裕次郎。向かい合って座るのが恭子と美咲。美咲の隣はマサコで、給仕のたびに立ったり座ったりする。

したがって大きなテーブルの片隅に、小さく固まって食べているようなイメージがあるが、それは違う。はたで聞いていればまことに賑やかだ。少人数の割に賑やかなのは、各自の声のデカさと自己主張の強さに起因していた。

「凄いじゃない。こうなったらみんなで行こう」

恭子が握りしめた箸《はし》を突き上げながら言った。

「まぁ、久しぶりの東京ですわ。なにを着ていこうかしら」

マサコが野菜サラダを皿に盛りつけながら言う。

「いや、そんな大げさな大会じゃないみたいだよ」

打ち明けたのはいいものの、裕次郎は味噌汁《みそしる》の椀を持ったまま慌てて言った。声はデカいが、言葉づかいはあくまで丁寧である。これは恭子との約束事であった。帰宅したら紳士になりきること。幼い娘への配慮からである。

しかし聡明なる幼稚園児の美咲は、薄々感じだしていた。自分のパパが普通の社長ではないのじゃないかと。

先日の祝勝会でのパパのはしゃぎようは別人みたいだった。それに酔ったせいか、言葉づかいも初めて聞くような乱暴なものだった。ヒロシさんも、いつも以上にガラが悪かったし、そんな二人に中華料理店の人たちはペコペコしていた。やっぱりなにか秘密があるに違いないと、美咲は思っていた。

「いいじゃないの。だって四月二十九日のみどりの日でしょ。せっかくのゴールデンウィークの始まりなんだからさぁ。そうね、次の日にディズニーランドに寄ってくるってのもいいわね。ねぇ、美咲」

「えっ。う、うん」

美咲は慌てて頷いた。

「あなた、ディズニーランドに行ってみたいって言ってたわよね。幼稚園で人気のプーさんにだって会えるぞ」

「わーい、楽しみ。プーさんに会える」

美咲は自分の精神年齢を、急いで年相応モードに戻した。

裕次郎は困惑していた。東京に行くことは問題ないだろうとは思っていたが、まさか家族全員で行くとは想像さえしていなかったからだ。これではヒロシとの風呂行きの約束が果たせなくなりそうだった。ヒロシの懇願する顔が脳裏に浮かんだ。

「いや、あの応援とかはいいからさ。ヒロシとコーチ役の中村がいることだし、ひっそりと泳いでくるから」

「どうしてぇ。あたしたちの応援が邪魔だって言うの」

恭子の目が怪しく光った。

「いや、そんなことはないよ」

裕次郎は危険を感じて否定した。

「だったら行こう、みんなで」

「わーい、わーい」

美咲が歓声を上げる。

「だったら、浅草《あさくさ》にも寄りましょうね」

間髪入れずにマサコが続く。この際裕次郎の存在などは二の次なのだ。

「それにしても」

裕次郎はふと感じたことを口に出した。

「それにしても、どうしたんだい。ママ、いつもよりテンションが高いんじゃないか。なにか、いいことでもあったのかね」

その一言に恭子は高らかな笑い声を上げた。待ってましたとばかりに立ち上がり、胸を張ってみんなを見回す。

「よくぞ気づいた。ではここで、ママから重大発表があります」

「じゅ、重大発表。まさか爺さんが倒れたか」

裕次郎の顔に箸が飛んだ。

「わかった。ママ、赤ちゃんができたんでしょ」

「違います。それはパパに頼みなさい」

「じゃあ、宝くじがあたったんでございましょ」

「残念。マサコさんも不正解」

「もったいぶらずに言ったらいいじゃないか」

恭子は咳払いした。

「実はママ、今度全国放送のテレビ番組に出演することになりました」

「おおーっ」

三人は揃って驚きの声を発した。

「東京のテレビ赤坂《あかさか》の特別番組でね。『津久田哲也《つくだてつや》の歴史スペシャル・明治四十七士』って番組で、コメントすることになったのよ」

「凄いじゃないか。津久田哲也って言ったら、あの白髪頭の有名なニュースキャスターだろう」

「失礼ね。ロマンスグレーって言ってよ、もう。それでね。明治時代に生きた痛快な人々を、四十七都道府県から一人ずつ取り上げるんだけど、その中から十人はスタジオでパネル説明があるの。その一人に選ばれたのが、あたしの研究対象の一人でもある奥田松五郎《おくだまつごろう》だったの。ほら新撰組の生き残りで、岩手に柔道を根づかせた男。なんでも番組スタッフの一人が、去年あたしが書いた論文を読んだらしくて御指名が来ちゃった」

「ママ、スゴイ」

「これはこれは。さっそく仏壇に御報告しませんと」

　立ち上がろうとするマサコを制して、恭子は話を続けた。

「その収録日ってのが四月二十九日、みどりの日。場所はテレビ赤坂のBスタジオ。つまりあたしもパパと同じ日に東京にいるってわけ」

「なんという偶然。そ、それなら仕方ないか」

「なにが仕方ないかよ。いい。パパは水泳連盟から大会参加費や交通費、それに宿泊代も出るんでしょ。あたしは交通費と出演料が貰えることになってるのよ。これに便乗して安上がりな家族旅行ができるってわけじゃない」

「そうか。でもそれって、けっこう貧乏臭くないか。ウチはそれなりに、金がないわけじゃないんだから」

「なーに、言ってるのよ。この不景気な御時世、商売だってどうなるか先は見えないんだから。ペイオフの話だって出てるのよ。無駄遣いはダメ。締めるところは締めなきゃ」

　恭子の剣幕に裕次郎は押されっぱなしだった。頷かざるをえない。

「言うとおりだ」

「後で時間を確認しましょうね。あたしの収録時間のほうが早いはずだから、あたしは出番が終わったら会場に駆けつけるから。さぁ、そうと決まったらさっそく宿と切符の手配をするわ。インターネットですぐだから」

「あっ、ヒロシと中村の分も」

裕次郎は忘れぬうちに付け足した。

恭子の勝ち誇ったような笑い声がダイニングルームにこだました。

裕次郎は愛想笑いを浮かべながらも、ヒロシへの言い訳を必死に考えていた。

2

「眩しいぜ」

裕次郎は選手控室の窓から、外の景色を眺めていた。窓の外には運河が広がっていて、その上にはJRの線路が走っている。日差しは盛岡とは比べ物にならないくらい強い。雲の陰から顔を出した太陽が、運河の水面を火花のようにキラキラと装飾している。

「これってプールに反射して、泳ぎにくくならねぇのか」

裕次郎の不安を、中村の笑顔が打ち消した。

「大丈夫だって。大会の時はカーテンを閉めるんだから」

裕次郎は意外そうな顔をした。

「そうか。でもよ、それってもったいなくねぇか。だってここ、片側全面窓が売り物の会場って聞いたぜ」

「そうなんだけどさ。なんて言えばいいのかな」

返答に困っている中村に、同室の宮城県のコーチが助け船を出した。この控室には東北代表の男子が集められている。

「ここだけの話ですけどね、設計ミスって噂もあるんですよ」

髭《ひげ》面した中年のコーチは、辺りを気にしながら小声で言った。

「だったら夜に大会やればいいんだ。夜景が遠くに見えて、キレイだろうぜ」

「あっ、それおもしろいアイデアですね。後で関係者に言っていいですか」

「どうぞ、どうぞ」

裕次郎は笑いながら、無意識のうちに煙草を探していた。だが、あるはずはなかった。この大会が終わるまでは禁煙を続けると決意したのだ。

痩せても枯れても岩手県代表である。日本選手権に比べればはるかに格落ちの大会ではあるが、それでも選んでもらった手前がある。無様な泳ぎは見せられなかった。

「しかし東京は暑いぜ。春どころか、もう初夏なんじゃねぇのか」

「そうだね」

中村が相槌を打った。

二人とも黄色いジャージ姿だ。胸にはYUGAOSE、背中にはMORIOKAの文字が入っている。夕顔瀬スイミングクラブの公式ジャージだ。そのジャージのファスナーを裕次郎は全開にしていた。白いTシャツは暑くて脱いでしまったため、逞《たくま》しい胸筋と腹筋がのぞいて見える。裕次郎と中村はこの恰好で、ホテルからこの江東国際水泳場までやってきたのだ。

東京の地理に疎い裕次郎は、ただ中村の後にくっついてやってきたのだが、地下鉄の駅を出たら目の前が公園だったのには驚かされた。東京にもこんな所があるんだと思って深呼吸したら、昂《たかぶ》った気持ちが少し落ちついた。かすかに桜の匂いも感じた。

公園の中には広い並木道があって、しばらく行くと花の終わった桜の木が寂しげに並んでいた。おそらく一ヵ月前辺りは、たくさんのお花見客で賑わったことだろう。忘れ去られるのが嫌で、匂いだけでも発していたのかもしれない。それでも連休初日とあって、賑やかに遊ぶ家族連れの姿も所々に見られた。

盛岡は、ちょうど今がお花見シーズン真っ盛りだ。その桜を後にして、裕次郎は東京に出てきていた。

「終わって帰ったら、花見しようぜ。俺、今年はまだ桜の花を見てねぇんだ」

「僕もだよ」

控室のドアが開いて、黄色いジャージ姿のヒロシが顔を覗かせた。

「おーい、こっちだ」

手招きすると、走るようにやってきた。

「ちょっと、勘弁してくださいよ、このジャージ」

「えっ、どうかしたの」

中村は不思議な顔をして訊ねた。

「中村さんには悪いけど、カッコ悪いっすよ。オレこの恰好で東京都内を歩いてきたんすから」

裕次郎は笑いを堪《こら》えた。ヒロシは早起きしてマサコと美咲を車に乗せ、浅草見物としゃれこんできたのだ。車はもちろん裕次郎の愛車のメルセデス・ベンツだ。裕次郎と中村に急な仕事が入ったため新幹線はキャンセルして、三人だけ車でやってきたのだった。

「だいたい東京人は生意気っすよ。いかにベンツとはいえ、ナンバーが岩手だと知ると、プッと笑うんすから。まったく失礼な奴ばかりで、ヤキ入れたくなりましたよ」

気色《けしき》ばむヒロシを裕次郎は静めた。

「いいじゃねぇか、その通りの田舎者ぞろいだ。お前だってカーナビのおかげで、迷わず走れたんだろう」

「そりゃ、そうっすけど」

「で、美咲とマサコさんは」

「へい。観客席でジュース飲んでます」

「そうか。よし、後は俺がベストを尽くすだけか」

裕次郎は立ち上がって背伸びをした。関節がポキッと鳴った。

「そろそろアップしにサブプールにでも行ってみる？」

中村の勧めに裕次郎は首を振った。

「この程度の大会なら、さっきやった準備運動だけで充分だぜ」

「えっ、本当にそれだけでいいの」

「立派なプールなのはわかった。なんたって国際って、名前がついてるくらいだしよ。水温は少し低めだが、なかなか泳ぎやすそうなプールだ。ただプールの室温が俺には若干低めに感じられたな。だからヘタにアップしといても、待ち時間の間に風邪をひく恐れがある」

中村は啞然とした。ほんの短時間で、裕次郎はすでに会場の特徴をつかんでいたのだ。

その横顔からは矜持《きょうじ》のようなものさえ感じられた。

この江東国際水泳場は東京港の臨海部に位置する通年水泳場で、かつてはゴミの島と言われた夢《ゆめ》の島《しま》の廃熱を利用している。外観はシドニーのオペラハウスに丸みをつけたような形で、陸よりも海からの景観を重視していた。

メインプールは50メートルのコースが10コースもあった。そのうち8コースは公認コースだ。プールの床も国際競技に対応できるように可動式になっていて、水深は1・4メートルから3メートルまで変えられるようになっていた。

完成したのは一九九三年。裕次郎が水泳界から消えて三年後のことである。したがって裕次郎は、これだけ立派なプールで泳ぐのは初めてだった。

ふいに裕次郎のバッグから、携帯電話の着信音がした。通話ではなくメールの着信を教える音だった。

「メールか。珍しいな」

裕次郎はバッグのサイドポケットに手を突っ込んだ。裕次郎のメールアドレスを知っている者は、恭子と文香と道太郎、それに総務部長の源太しかいない。

「なになに」

発信元のアドレスは恭子のものだった。

「件名たすけて。なんだこりゃ。津久田哲也の鋭いツッコミに音を上げたか。どれどれ本文は、てろりすとよにん。なんだこれ」

裕次郎は首を傾げた。ほかの二人にも意味はわからなかった。

「まぁ、いいや。なんかあったら電話してくるだろうしよ」

裕次郎は少し気掛かりだったが、すぐに携帯電話をサイドポケットに戻した。

いきなり控室のドアが開いて、大会係員が顔をのぞかせた。

「すみません。競技進行が順調にいってますので、この後の競技は予定より若干早まりますのでよろしくお願いします」

その一言で控室内はザワザワとせわしなくなった。福島の選手はいきなり準備運動を始めた。宮城の選手と秋田の選手らは、コーチを伴ってサブプールに向かった。

「しかし、なんだな。扱いが軽いぜ」

裕次郎が呟くと、中村が苦笑まじりに答えた。

「しょうがないよ。まだ予選だし、それにテレビ中継のある国際大会じゃないんだし」

「そういえばテレビはどうなってるんだ。さっき見た時はテレビカメラがプールサイドにあったぜ」

「あれはテレビ・メトロって言って、東京ローカルのテレビ局なんだって。収録して後で放送するらしいよ」

「生放送じゃねぇのか。しかも東京ローカル」

元来目立ちたがり屋の裕次郎は、残念そうに呟いた。

「それよりうちらも準備しなきゃ。四十分後の予定だったけど、早まったってことは三十分後と考えなきゃ」

中村が裕次郎を急《せ》かした。

「なんとなく恭子が気になるな」

「何言ってるんですか。姉さんは収録中でしょ。午後の決勝には間に合うように行くって言ってましたから。まずは予選をクリアしてもらわないと。なに、大丈夫っす。オレと美咲ちゃんとマサコさんで、二十人分くらいの応援やりますから」

ヒロシは胸を叩いた。裕次郎はその姿を目を細めて見ていた。

「やるか」

裕次郎はおもむろに立ち上がって背伸びをした。

「さぁーて、まずは着替えるか」

裕次郎はバッグのファスナーを開け、中に手を突っ込んだ。

「ん」

一瞬小さな声を上げ、裕次郎の動きは止まった。

「どうした、裕ちゃん」

中村が怪訝そうな顔を突き出してきた。

「まさか」

裕次郎はそう呟くと、バッグの中身をベンチの上に取り出した。真っ赤なバスタオルとゴーグル。着替えのTシャツにサンダル、スポーツ新聞に実話系週刊誌。

「ねぇぞ」

裕次郎はそう叫ぶと天を仰いだ。

「なにがないって」

「ボディースーツ型水着」

その一言に中村は絶句した。

「ホテルに忘れてきたんだ」

中村は力が抜けたようにヘナヘナと床に座り込んだ。ヒロシが、慌ててジャージのポケットから車のキーを取り出した。

「オレ行ってきます。ホテルに取りに行ってきますから」

飛び出そうとするヒロシの肩を捕まえて、裕次郎は止めた。

「待て。いかに暴走族上がりのお前でも無理だ。ここから赤坂のホテルまで行って、ブツを取って戻ってくる。どう考えても、三十分以上はかかるぜ」

「間に合わせます。社長のためなら、オレ」

「馬鹿。世の中には可能なことと不可能なことがある。えてして不可能を可能にすることもあるが、それは非常に稀《まれ》なことだ。お前の気持ちはうれしいが、これは不可能だぜ。まぁ、座れや。考えるから」

裕次郎に肩を押されて、ヒロシも力なくベンチに腰を下ろした。足元に座りこんだ中村は呆然としている。

裕次郎は足を組んで座り、しばらく眩しげに窓の外を見つめていた。

「これも神の試練か」

呟く裕次郎に、ヒロシはただうなだれるしかなかった。裕次郎は中村の肩を叩いた。

「俺が出ないと、お前の立場がなくなるな」

中村はコックリと頷いた。

「案ずるな。出てやるからよ」

「えっ」

中村は驚いたように顔を上げた。

「でも。どうやって」

裕次郎はベンチの上に広げられた荷物の中から、小さく丸まった黒いものを取り出し、中村の鼻先に突きつけた。

「幸いなことに、いつも練習で使ってる競泳用のパンツがあったぜ」

「それじゃあ刺青が」

「なーに構わねぇ。大会規定には刺青禁止なんて書かれてなかったからな」

「でも、それじゃあ裕ちゃんが」

「気にするな」

裕次郎は優しく笑いかけた。どこか吹っ切れたような、澄んだ顔つきをしていた。

「俺も少し調子に乗りすぎていたぜ。舞い上がってて、自分の立場を忘れていた。よくよく考えなくても、俺には健全なスポーツを楽しむ資格なんかねぇんだ。なんたってヤクザだからよ。やっと目が覚めたぜ」

「裕ちゃん、そんな」

「いいからよ。実はそろそろ潮時かな、なんて考えてたんだ。ここ二ヵ月ばかり、楽しかったぜ。なんか昔に戻ったみてぇだった。お前のおかげだ、トミー。楽しい夢を見せてもらったぜ」

「やだよ。そんなこと言わないでよ、裕ちゃん」

裕次郎はヒロシを向いて言った。

「そろそろ俺たちは、俺たちの居場所に戻らなきゃならねぇ。極道の世界によ」

　ヒロシはうつむきながら頷いた。その目にうっすらと涙が浮かんでいた。裕次郎はその涙の重みを感じ取り、胸が熱くなった。しかしあえてそんな思いを振り切り立ち上がった。

「トミー、これっきりだ。たとえ予選で上位のタイムを出しても、決勝には出ねぇぜ。そのかわりに、今までの練習の成果をすべて出してみせるからよ。いいな」

「う、うん」

　中村は深く頷いた。出てくれるだけで充分だった。裕次郎は親友の立場を慮《おもんぱか》って、あえて衆人環視の中に身を晒《さら》すことを決めてくれたのだ。これ以上なにを望めようか。これ以上を望むことは罰当たりなことだと思った。

「よーし、泳ぐぜ。よく見とけよ。俺の最後の泳ぎだ」

「裕ちゃん」

　裕次郎は競泳用パンツを握りしめ、スタスタと歩いてカーテンの向こうに消えた。

　その時だ。控室のドアが開いて、宮城県のコーチが飛び込んできた。急いで控室に据えつけられた小さなテレビモニターのスイッチを入れる。このテレビは、本来は館内モニターだ。大会時にはメインプールとサブプールの様子が、チャンネルを切り換えれば見ることができる。だが宮城県のコーチは館内の様子など気にもとめず、テレビの一般放送のチャンネルを探していた。慣れない操作らしく手間取っている。そのただならぬ様子が、中村は気になった。

「なにかあったんですか」

宮城県のコーチは振り返りもせずに言った。

「立てこもり事件が発生したらしいんですよ」

「えっ、立てこもり事件」

「東京は物騒だね。なんでもテロリストが放送局に立てこもったらしいんだよね」

「えーっ、テロリスト」

中村はその言葉をどこかで聞いた気がした。しかもつい最近のような。

「おっ、これだ。やってるやってる」

画面が放送局と思われる建物を映し出した。警官が慌ただしく行き交っている。黄色いロープがあちこちに張りめぐらされている。そのロープの前に立ち、強張《こわば》った表情で報道記者が現状を伝えている。画面の左上に派手なスーパーが映し出された。そこにはこう書かれていた。『テロリスト　テレビ赤坂を占拠』と。

「姉さんが行ってるテレビ局だ」

ヒロシが声を上げた。驚きのあまりに声が裏返っている。中村も目を見開いた。そこへ着替えを終えた裕次郎が、鼻唄まじりでやってきた。上半身にはまだ黄色いジャージを身につけている。

「ちょ、ちょっと裕ちゃん。大変だよ、これ見てよ」

「なに興奮してんだ。裸のネーチャンでも出てるってか」

裕次郎は覗き込んだ。途端に息を呑む。

「なんだってぇ。テレビ赤坂ったら、恭子が収録しに行ってるテレビ局だろう。テロリストだってぇ。あっ」

裕次郎はバッグのサイドポケットから携帯電話を取り出した。メールを表示してみる。そこには恭子からの意味不明なメールが残されていた。

「たすけて。てろりすとよにんって、このことだったのか」

裕次郎は唸った。メールの意味がやっとわかったのだ。

「行かなきゃなんねぇ」

裕次郎は呟いた。

「行くって、どこへ」

中村は勘づいて裕次郎の前に立ちふさがった。

「決まってるだろう。テレビ赤坂だ」

「ちょっと待ってよ」

　中村は両手を広げた。

「行ってどうする。裕ちゃんが行ったって、どうにもならないよ。なんたってまだ状況もよくわかっていないんだから。落ちついてよ」

「いや、落ちついてなんかいられねぇ。恭子は助けてってメールを送ってきたんだぜ。女房に助けてって言われて助けに行かねぇ奴は男じゃねぇ」

「その通りだけど。ちょ、ちょ、ちょっと待って。ほら、警察官だってあんなにたくさん配備されてるし、なにか手を打ってるはずだよ」

　裕次郎は中村を見上げた。その目は赤々と燃えていた。

「トミー、どけ。俺は行かなきゃならねぇ」

　しかし中村も必死だった。

「どかない。行きたいんなら、僕を倒しなさい」

「なにぃ」

　裕次郎は気色ばんだ。しかし中村は負けじと言い返した。

「どうすんの、大会は。最後の泳ぎを見とけって、啖呵《たんか》切ったばかりだよ。男に二言はなかったんじゃないの」

「うっ、く、くそぉ」

痛いところを突かれて、裕次郎は呻いた。両肩が激しく上下している。裕次郎は自分自身を静めるように深呼吸した。

「わかったぜ、トミー。義理だけは果たす。だが泳ぎ終えたら、真っ直ぐにテレビ赤坂に行くからな」

その一言で中村の肩から力が抜けた。と同時に、本当は今行かせてやることが親友としての務めなのではないかという相反する考えが頭をよぎった。

いつの間にかヒロシは荷物をバッグに詰め直していた。いつでも飛び出せる態勢にしていたのだ。裕次郎はヒロシを呼び寄せ、耳元でなにやら指示を出した。

「いいか、急いで買ってこい。この辺は下町だろうから、売ってるはずだ。それを買ってきたら、車を正面に回しておけ。いいな」

「へい」

なにごとか指示を受けたヒロシが、矢のように控室を飛び出して行った。その後ろ姿を見送りながら、中村は思った。自分はやはり間違ったことをしたのではないかと。

出てもらうと自分の立場としては助かる。県水泳連盟の次期役員改選で、理事の地位を約束されている身だ。しかしそのために親友を止めたのだとしたら、それはエゴ以外のなにものでもない。だが、そうではない。決してそうではないのだ。自分はなぜ裕次郎を止めたのだろう。危険なところへ行かせたくないと、親友の身を案じたからか。いや、そうでもない。もとより止めたって、止まる男でないことは百も知っている。では、なぜ。

中村は自問自答した。答えはすぐに出た。自分は裕次郎の泳ぎが見たかったのだ。ただ純粋に、裕次郎に泳いでほしかったのだ。そして裕次郎にその思いは伝わったのだと信じたかった。

「裕ちゃん、ゴメン。でも、ありがとう」

裕次郎は答えず、テレビ画面を睨んだまま無言で頷いた。

観客席は閑散として見えた。いや、ほどほどに人は入っている。なのにそう思えるのは客席数が多すぎるせいだ。ここには三千六百五十席も設置されている。たとえ千人以上入ったとしても、閑散として見えるに違いない。美咲とマサコはその観客席の真ん中近くに陣取っていた。

美咲には見るものすべてが新鮮なものとして映っていた。見上げれば眩しいほどのカクテル光線。首を曲げればカラフルな色が点滅するカラーの電光掲示板。団子みたいなドーナッを食べながら、話に夢中な関西弁の人たち。最初は喧嘩してるのかと勘違いした九州の応援団。そしてなにより、こんなに青く澄んだプールを見たのは初めてだった。

「さぁ、次ですよ」

マサコの声で、美咲の視線は選手入場口に向けられた。場内アナウンスが流れる。

「続いて、100メートル自由形予選を行います。予選A組」

アナウンスに促され、選手たちが入場してくる。美咲の目は、前から四番目を歩いてくる裕次郎の姿を捕らえた。

「パパだ」

しかし以前見た時とはどことなく様子が違って見えた。それは黄色いジャージを着ていたせいかと思った。盛岡の時は、最初から黒いボディースーツを身にまとって現れたのだった。でも、それだけではないと美咲は感じていた。

今日の裕次郎は上半身がジャージ姿で、下半身は競泳用パンツのみの生身の肉体そのものだった。その下半身は、誰もがため息を漏らすほど鍛え抜かれたものだ。大臀筋《だいでんきん》のあるヒップは長めのジャージの裾に隠れているが、その下からはスケート選手のように大腿《だいたい》伸筋群が張り出している。競走馬のように盛り上がったふくら脛《はぎ》。その筋肉の収縮を見ただけで、この男がただ者ではないことを感じさせた。

「なんだか、パパ、怒ってるみたい」

「そうですかねえ。緊張してるんでしょう」

「ううん」

美咲は首を横に振った。血のつながりのある美咲にはわかるのだ。裕次郎が怒っているのだと。黄色いジャージに隠された裕次郎の体から、立ちのぼる湯気のようなものがたしかに見えたのだ。それは初めて目の当たりに見る、裕次郎の怒りだった。

美咲の体に震えが走った。なにに対する怒りなのか知りたかった。

選手たちがジャージを脱ぎだした。脱ぎ終えた選手らは、おのおの肘の曲げ伸ばし運動をしたり、手首をブラブラさせたりしている。なのに裕次郎だけは、プールを見つめたまま微動だにしなかった。それはまるで裕次郎の周りだけ、時が止まってしまったかのようでもあった。

審判長がホイッスルを吹いた。

選手らがスタート台に向かって進む。やっと裕次郎は動きだし、ジャージのファスナーに手を掛けた。一気にファスナーを下げて、ジャージを脱ぎ捨てる。その瞬間、今までジャージに覆われていた目に見えぬ炎のようなものが溢れ出た。

そこにはギリシャ彫刻のように、鍛え抜かれた美しい肉体があった。そしてその背中には、色も鮮やかな唐獅子牡丹の刺青が躍っていた。

遠目に見えるその刺青を、懐かしい気持ちで美咲は見ていた。

赤ちゃんの頃、美咲を風呂に入れるのは裕次郎の役目だった。少しずつ物心がつくと、背中の刺青にも興味を持つようになる。美咲が、これなぁにと訊くと、裕次郎は唐獅子の刺青だよと答えた。唐獅子ってなあにと、さらに訊くと、中国の獅子だよと答えが返ってきた。知識欲旺盛《おうせい》な美咲が、獅子ってなあにと訊くと、裕次郎は困った顔をして、ライオンのようなものだよと言った。ふーん、強いんだねと言うと、裕次郎は黙って頷いた。きれいだねぇと言った時は、うれしそうに笑っていた。

それが終わったのは幼稚園に入る年のことだった。いつものように一緒に風呂に入っていて、美咲はつい訊いてはいけないことを訊いてしまったのだ。

パパ、どうして刺青したの、と。裕次郎は答えなかった。ただ、その目がとても悲しそうだったのを、美咲はしっかりと覚えていた。

それ以来、裕次郎は一緒に風呂に入らなくなった。たまに恭子と入ることもあるが、美咲を風呂に入れるのはマサコの仕事となった。

裕次郎は腕をグルグルと回している。体を捻るたびに、背中の刺青が見え隠れする。

最初に気づいたのは、左隣の選手だった。目の前にいる男の背中にあるものは一体なんだと立ちすくんだ。右隣の選手も気づいて、目を見開いた。泳法監察員が顔を上げる。補助員が役員席に走る。審判長が選手登録簿を慌てて捲《めく》る。

プールで突如発生した驚愕の波は、観客席にまで押し寄せてきた。

最前列の集団が気づき、ざわつきだす。なにごとかと後ろの集団が騒ぎだす。その波は美咲たちの席にも届いた。

「あの男、ヤクザか」

「すげぇ刺青だな」

「やっぱりヤクザなんでしょ」

ヤクザ・刺青・ヤクザ・刺青・ヤクザ・刺青・ヤクザ……

周りの囁きが美咲の耳にも飛び込んできた。マサコは動ぜず、ただ前を見つめていた。なにも言わない。

その瞬間、美咲はすべての謎が解けた気がした。

家庭内に時として漂う不思議なぎこちなさ。裕次郎が引きずる不穏な影。そして家の中と外でのギャップ。

すべての謎を解くキーワードはヤクザだったのだ。

「マサコさん、パパってヤクザなの」

マサコは答えなかった。怖い顔で、じっとプールを見つめている。黒目のところにプールの波が映ってキラキラしていた。美咲は納得した。

「そうかぁ。ヤクザだったんだぁ」


裕次郎は5番と表示されたスタート台に立った。競技は10コースのうち、公認の8コースで行われる。したがって2コースから9コースまでを使うのだ。

裕次郎は己の体の熱さを感じていた。このまま水に飛び込んだら、白い蒸気が立ちのぼりそうな気さえした。体内をアドレナリンが、物凄い速さで駆け巡っている。叫びたかった。吠えたい衝動に駆られていた。

他の選手らも我を取り戻し、スタート台に上がった。それを見て役員席に行っていた出発合図員が、慌てて定位置に戻ってきた。出発合図員はピストルを振り回しながら、半ばヤケクソ気味に声を張り上げた。

「位置についてぇ」

裕次郎はトラックスタートの体勢を取った。左足を前に出し、右足を下げる。右足の踵はスタート台の後ろからはみ出している。足の位置を確かめると、裕次郎はゆっくり前に屈んだ。

両手でスタート台の先端を掴む。周りはまったく気にならない。

裕次郎はイメージした。ここはオリンピックの会場なのだと。

カクテル光線に照らしだされる青く澄んだ美しいプール。プールの表面は、まるで水色の亀《かめ》の甲羅のような模様になっている。観客席から送られる各国語の声援。色とりどりの国旗。自分を追いかける日本のテレビカメラ。

今、自分の右隣にいるのはイアン・ソープだ。左隣はピーター・ファンデンホーヘンバント。そしてその隣はアンソニー・アービン。これから世界最高峰の奴らと泳ぐのだ。見てろよ、日本のみんな。

そして自分のゴールを誰よりも心待ちにしているのは、妻の恭子に違いない。必ず金メダルを獲ってみせる。その金メダルを、妻の首に掛けてやるのだ。全身全霊の愛と共に。

「よーい」

裕次郎は尻を高く上げ、スタート台を後ろに引っ張った。心拍数が急激に上がる。もう我慢なんてできない。

裕次郎は一瞬にして、一匹の猛々しい獅子と化した。

「パーン」

裕次郎は瞬間的に体重を前に移動させ、スタート台を手で後ろに押し出しながらすばやく飛び出した。誰よりも速いスタートだった。空中で見事な放物線を描く。足が揃った。そう見えた瞬間、もう一度空中を蹴った。信じられないことに、さらに遠く飛んだ。素人にはなにが起きたのかわからなかっただろう。だが、この会場内に多数いた玄人《くろうと》は、それがフロッグスタートの変形だと悟り唸った。

誰よりも遠くへ飛んだ裕次郎は、両肩でしっかりと耳を挟んで水面に突き刺さった。さほど水飛沫も上がらぬ、美しい入水姿勢だった。

裕次郎は水中で、重ね合わせた手首を反らせて、重心の進行方向を前へと変えた。アーチを描くように、体を水平から上向きにする。と同時に、膝を曲げずに小さな蹴り幅でキックを始めた。スタートのスピードを殺さぬタイミングだった。体が浮き出した。重ねた手の下側からかき出し始める。もちろん呼吸は止めたままだ。

頭が出た。うまくスピードに乗れている。裕次郎は4ストローク目で、最初の呼吸をした。目の前が一気に明るくなった。

腕を抜き上げて入水する。狂いのないリカバリーだ。肘が伸びて前に突き出される。手先がさらに伸びた。手のひらがしっかりと水をプレスする。なんだか水が液体ではなく固体に思えるほど、しっかりとキャッチできている。さらに水をかきこむ。うまいS字プルだ。体に推進力が加わった。その間も、鞭のようなキックが、正確に6ビートを刻んでいる。ツーストローク、ワンブレス、シックスビート。

もはや敵はいなかった。いや、ここにいないだけで、本当の敵は他の場所にいる。その場所に急がなければならない。

50のターンが近づいた。得意のゲインズターンだ。いつものように裕次郎は壁との距離を計り、回転の準備に入った。手を太股にあて、小さなドルフィンキックをする。すばやく頭を下にする。クルリと前方に回り仰向けになりながら、膝を充分に曲げた。手を使い、自分の頭の方に水をかく。頭と爪先のラインが一直線上になった。腕は伸び出している。足もしっかりと壁を捕らえている。裕次郎は膝を伸ばしはじめ、壁を蹴った。蹴り出しながら体を回転させる。ストリームラインができた。裕次郎はそのまま三回キックしてストロークに入った。

その一連の動きは瞬時に行われた。だが観客には鮮やかすぎて、壁にぶつけたボールが跳ね返ってきたようにしか見えなかった。

呆気にとられていた観客が一斉に我に返った。観客らは、その素晴らしい泳ぎを見せている男が、刺青の男だと知っている。だが、そんなことはもうどうでもいいことだった。それほど裕次郎の泳ぎは、人を惹きつける魅力があったのだ。欲張りな人々は、このまま歴史的瞬間に立ち会えることを望んだ。

それは役員席とて同じだった。誰もが裕次郎の泳ぎに驚嘆していた。こんな男が日本にいたのか。それも東北の片田舎に。それにしても、どうしてこの男は刺青なんかしているのだと。

裕次郎の勢いは止まらなかった。もはやソープもアービンも、意識の中でははるか後方だった。今、これからターンに向かおうとするファンデンホーヘンバントとすれ違った。

裕次郎は必死だった。ここはまだ妻を救いに行く道の途中なのだ。こんなところで負けるわけにはいかなかった。

前方に光が見えた。その中に恭子がいる気がした。教養がないと叱咤され、時には厳しく説教さえされる身だが、初めて見た時から愛していた。その思いは今も変わらない。そしてこれからも。永遠に。

行かなきゃ、と思った。急がなきゃ。妻は自分の助けを待っている。

裕次郎はスパートを掛けた。肉体の限界はとうに超えていたのに、精神が上回った。

「へい、へい」

中村が声を張り上げた。目の前で獅子が泳いでいる。覆い隠しているものは何もない。

真っ赤な牡丹を一呑みするかのように、深緑色の獅子は口を開けて吠えながら、キラキラとした光芒《こうぼう》をかき分け進む。口から覗く舌は燃えるように真っ赤だ。渦のような巻き毛が水を弾く。その姿は、この世のすべての艱難辛苦《かんなんしんく》を一身に背負った者のような、近寄りがたい神々しささえ感じさせた。

中村は再び叫んだ。

「行けー。行けー。泳げ、唐獅子牡丹」

観客がその声援を真似た。

「行けー、唐獅子牡丹」

「泳げー、行けー、唐獅子牡丹」

声援が裕次郎の耳に届いた。裕次郎は死に物狂いで水をかいた。そして蹴った。

目の前にゴールが迫ってきた。裕次郎は一直線に手を伸ばした。ザラザラとした壁に、指の爪先が触れた。

観客は歓声を上げて立ち上がった。誰もが電光掲示板に目を向けた。そこには48秒90という数字が表示されていた。それが何を意味するものなのか知っている者たちは、驚愕の声を上げた。

すぐに女性の声で、日本新記録を告げるアナウンスがあった。館内がどよめいた。目の前で繰り広げられた泳ぎを、誰もが脳裏に刻み込んでいた。50秒の壁どころの話ではない。世界記録にはわずかコンマ69秒遅れたが、この瞬間裕次郎には日本で初めて49秒の壁を破った男という称号が与えられた。

観客席でスタンディングオベーションが始まった。役員席にいた関係者たちも、立ち上がり敬意を込めた拍手を送った。そこには刺青に対する偏見は消えていた。温かい拍手と歓声が裕次郎を包みこんだ。

プールサイドを走ってきたテレビのENGカメラが裕次郎に向けられる。社会面の記事を書くはずだった新聞記者は、にわかスポーツ記者となってフラッシュを浴びせる。その場にいた誰もが興奮の色を隠せなかった。

裕次郎はゴールの壁に寄り掛かって呼吸を整えた後、なにごともなかったかのように平然とプールから上がった。その目にヒロシの姿が飛び込んできた。ヒロシは観客席の美咲を抱きかかえ、マサコの手を引っ張っている。裕次郎は控室には向かわず、真っ直ぐ出口に向かった。

意外な行動に、カメラが慌てて追いかける。

「おめでとうございます。日本新記録ですよ」

「今の気持ちは」

「この喜びを誰に伝えたいですか」

矢継ぎ早に質問が浴びせられる。裕次郎は黙ったまま、早足で出口に向かった。それでもカメラは執拗《しつよう》に追いかけてくる。

裕次郎の視線の先に中村の姿があった。右手に裕次郎のバッグを提げている。左手には黄色いジャージと赤いバスタオルを持っていた。

中村は笑顔を浮かべながら、一人納得したように頷いていた。笑顔のくせに、その目はやけに赤かった。裕次郎は無言で頷き、中村に近づいた。バスタオルを受け取り、滴る水を拭う。その姿にさえカメラは向けられ、フラッシュは焚《た》かれた。

裕次郎は振り返って告げた。

「女房を助けに行かなきゃならねぇんだ。これにて失礼」

呆気にとられる報道陣を尻目に、裕次郎と中村は一気に駆けだした。

3

テレビ赤坂へ向かう車中、裕次郎はいつもの裕次郎に戻っていた。

「なんだかこの辺、やたらと坂が多いな」

裕次郎の疑問に答えるのは、助手席に座る中村だ。裕次郎が後部座席にいるため、いちいち振り返って答えなくてはならない。

「当たり前だよ。だから赤坂って言うんだ」

「そうか。でも全部の坂が赤坂ってわけじゃねぇだろう」

「総称だろうね。元々この辺りは武蔵野台地の末端だから、地形が起伏に富んでいるんだよ。だから坂だらけで、全部でいくつあるのかは知らないけど、僕らに関係ある南部坂《なんぶ》も近くにあるよ」

「南部坂」

裕次郎は首を捻った。

「江戸時代に南部家の中屋敷があったことからつけられた名前で、忠臣蔵にも出てくる有名な坂だよ」

「忠臣蔵か。カッコイイじゃねぇか」

「討ち入りを控えた大石内蔵助《おおいしくらのすけ》が、本当のことを告げられずに浅野内匠頭《あさのたくみのかみ》の夫人遙泉院《ようぜいいん》に暇乞《いとまご》いをするんだ。その遙泉院が大石を見送ったのが南部坂。『嘆く遙泉院、苦しむ内蔵助』って、有名な『南部坂　雪の別れ』の名場面だよ」

「討ち入り前か。俺みてぇだぜ。よし、その坂通ろうぜ」

中村は呆れた。

「ダメだよ。遠回りになっちゃう」

「そうか、残念だな。嘆くトミー、苦しむ裕次郎ってか」

「ちょっと裕ちゃん。真面目にやろうよ」

「ああ、悪いな。でも考えてみれば、トミーの御先祖様もこの界隈《かいわい》を歩いていたかもしれねぇってわけだ」

「いや、それはないよ。岩鷲流の奥義継承者は、藩内から出てはいけないことになってたらしいから」

「なんで」

「藩の秘密が外に漏れないようにだってさ」

「そんな大したもんかねぇ。足の指に扇子挟んで水に浮く技術が、そんなに大事とは思えねぇけどな」

中村は苦笑した。

「仕方ないだろう。殿様が決めたんだから。それにちゃんと水の中で戦う秘術とかもあるらしいからね」

「ほう。じゃあ、そのうち教えてもらうとすっか」

後部座席には美咲とマサコも乗っている。美咲はまだ事態がよく飲み込めていないのだろう。マサコの太股に頭を乗せて眠っている。天使のような寝顔だ。早起きして浅草見物をしたので疲れたのだろう。マサコはそんな美咲の小さな手を握りしめながら、窓の外を眺めている。運転席の真後ろが裕次郎だ。

それまで黙って運転していたヒロシが口を挟んだ。

「中村さん、どっち行きましょう。この道も検問ができているみたいっす」

窓の外には警官の姿が見えた。たしかに赤坂に入ってから、警官を見かける回数が増えてきていた。大事件なのだから、それも当然のことだ。

中村はダッシュボードにはめ込まれているカーナビの画面を覗き込んだ。

「やっぱり三分坂に回ろう。道は狭くて急だけど、局舎には一番近づけるから」

「へい」

ヒロシは画面を覗き込んで頷いた。

ここに来るまでの間に、カーナビの画面をテレビ放送に切り換えて、おおよその情報はつかんでいた。

それによるとこうだ。占拠されたのは、番組収録中のBスタジオ。武装した四人グループが乱入し、人質をとって立てこもっている。乱入の際に警備員が一人死亡。社員二人も撃たれて重傷。軽傷で運ばれた者は五人。人質の正確な数は不明だが、中にはニュースキャスターの津久田哲也氏も含まれている模様。犯人はプリペイド式の携帯電話を使い、身代金を要求。金額は不明。さらにテレビの全国放送で、自分たちの声明を放送しろと要求しているらしく、内閣危機管理室も動きだした模様。組織の名は『フォッサマグナ』で、外国のテロ組織との関連を匂わせているため、現在公安が調査中。また、ほぼ同時刻に地下鉄有楽町《ゆうらくちょう》線がストップし、同時テロかと懸念されたが、無関係の人身事故と判明したとのこと。

たったこれだけだ。それでも裕次郎は自分が行くと言ってきかなかった。中村はテレビを見て、さらに現場に近づくにつれ、たった一人でなにができるんだという気持ちになってきていた。

ルームミラーに映る裕次郎は目を半開きにして、眠そうな顔で外を眺めていた。

赤坂五丁目交番のある交差点を曲がって行くと、車は三分坂の下に出た。古いお寺があって、急な坂が続いている。道幅も狭く、大型車とすれ違うのに難儀しそうだった。片側には土と瓦《かわら》でできた練塀《ねりべい》が続いている。

「なんだかこの辺、猫が多くねぇか」

裕次郎は欠伸《あくび》しながら言った。中村はあらためて外を眺めた。たしかにいる。練塀の上に一匹。石垣の下に一匹。急カーブのガードレールの下にも一匹いた。どの猫も自分たちの車を見て鳴いている。中村にはそう思えた。歓迎されているのか、いないのか。なんだか背筋が寒くなった。

すぐに坂の向こうに大きな建物が見えた。テレビ赤坂だ。アンテナが放送局だと教えてくれる。地上二十五階建てのそのビルは、てっぺんに帽子をチョコンと載せたような形から、ビッグキャップという愛称がつけられていた。

「着いたか」

裕次郎がおもむろに呟く。だが坂を上り切った所には、警官たちの姿があった。さらに黄色いロープと無数の野次馬が行く手を阻んでいる。野次馬たちは一様に興奮していた。なにやら叫んでいる男がいる。その言葉に反応して笑いが広がる。人の命などどうでもよいのだ。彼らの目の前で繰り広げられているのは、非日常的なイベントでしかない。

「えーい、邪魔するな。チクショウ」

突然不似合いな言葉を発したのは中村だった。ヒロシはその意外さに驚いた。中村は意を決して窓を下げ、近寄ってきた若い警官に言った。

「すみません、撮影があって来たんですけど」

中村の口からでまかせに、さらにヒロシは驚いた。

「タレントさんですか」

若い警官は興味深げに車内を覗き込んだ。裕次郎はうつむいていた。

「ええ。連ドラの撮影でしてね。私はマネージャーなんですけど、今日プロデューサーと大事な打ち合わせもありまして。はい。あっ、この恰好もなかなかいいでしょう。さっきまでスポーツジムで撮影してたんですよ。ええ、私もエキストラ出演しちゃいましてね。はい。いえ、事情はわかってます。局舎内に入れないのはわかってますけども、プロデューサーとの約束の場所が裏手にある旧館のほうなんですよ。だからここを通らなきゃ行けないもんで、お願いしますよ。そこにだけ行かせてください。警察の邪魔にならないように行きますから」

中村は両手を合わせて拝んだ。警官は思案顔だった。上司に伺いを立てようとしたようだったが、その上司と思われる中年の警官は、野次馬となにかやりあっていた。

「お願いしますよ。弱小プロダクションなもんで、経営がかかってるんですよ」

その業界人ぽい饒舌《じょうぜつ》と愛想笑いに、若い警官はまんまとだまされた。

「うーん、仕方ないですね。局舎には絶対近づかないでくださいよ」

そう言って、道を塞いでいたロープを外して、車を通した。ヒロシは礼のつもりで、軽くクラクションを鳴らした。

とりあえず包囲網の中に入ることはできた。しかし警官の数はさらに増えている。局舎内に入ることはとうてい不可能に思えた。

張り詰めた糸が切れたように、中村は深々とシートに沈んだ。

騒々しさに美咲は目を覚ました。髪の毛を直しながら、キョロキョロと辺りを見回す。

「すまねぇな、トミー。恩にきるぜ」

中村は慌てて身を起こした。

「ヒロシ、とりあえずその旧館て所まで行ってくれ」

「へい」

ベンツは警官や関係者らの波をかき分けながら、古びたコンクリート壁の旧館前に横付けした。ロープの向こう側には余所《よそ》の放送局の中継車が停まっている。テレビカメラが局舎に向けられ、その傍でリポーターたちが何やら声を上げていた。日頃視聴率戦争を繰り広げているライバル局の不幸は、今も数字にしか見えないのだろう。

「凄い騒ぎっすね」

ヒロシが目を丸くした。裕次郎は腕組みしたまま唸った。

「うーむ、ヤベエな。でも当然か。もうＳＡＴが出張っちまってるぜ」

「えっ、ＳＡＴ」

耳慣れぬ言葉に、中村は聞き返した。

「警視庁特殊急襲部隊だ」

その重々しい響きに、中村は息を呑んだ。

SATはSpecial Assault Teamの略で、警視庁が誇る対テロ特殊部隊のことだ。選抜された若手警察官で構成され、第六機動隊第七中隊として組織されている。高性能な武器を装備し、ハイジャックや人質立てこもり事件を想定して日々訓練している警視庁最強の部隊だった。

「気づいたか。ここにくる途中、局舎の向かい側のビルの屋上に人影があったのを」

「えっ、別に気づかなかったけど」

「そうか。狙撃《そげき》手と観測手が配置されてるんだ。もう少ししたら日も暮れるだろう。そしたら奴らは狙撃の準備を始めるんだろうぜ。暗視スコープはあるだろうし、銃は64式狙撃銃かレミントンM700。もっとも相手が見えるところに出てきてくれなきゃ話にもならねぇけどよ。しかし、つまりは事態は切迫してるってことか。どれ、外の空気でも吸ってみるか」

裕次郎はドアを開けて外へ出た。生温《なまぬる》い西風が裕次郎の頬にあたった。

「ん」

足元でなにやら柔らかい感触がした。見下ろした裕次郎は、それが一匹の猫だと気づいた。怖がるでもなく近寄ってきて、しきりに体を擦りつけている。

「ずいぶん人懐こい猫だな。どれどれ」

裕次郎は猫を抱き上げた。茶と白と黒が複雑にまじった三毛猫だった。

「不細工な猫だぜ」

猫は言葉がわかったのか、ニャーと抗議の声を上げた。

「ほら、美咲」

裕次郎は車から出てきた美咲に猫を渡した。

「あっ、カワイイ」

美咲は小さな胸に、その猫を抱いた。

その様子を微笑ましげに眺めた後、裕次郎は再び険しい顔つきになった。

目の前を機動隊が、掛け声を上げながら早足で駆けていく。裕次郎はヒロシから買い物袋を受け取り、中身を取り出した。中に入っていたのは真っ白な晒《さらし》と着物、それに帯と雪《せっ》駄《た》だった。

「マサコさん。晒を巻きてぇんだ。手伝ってくれ」

「はい、はい」

マサコも腰を屈めながら車外へ出た。裕次郎は雪駄をつっかけると開いたドアの陰でブリーフを脱ぎ捨て、下半身裸のままマサコの前に立った。

「まぁ。こんな時でも縮まってないなんて、さすがは旦那様」

うっすらと頬を染めながら、マサコは晒の端を手に取った。裕次郎は両手を広げ、マサコが巻きおわるのを待っていた。

晒を巻きおわると、今度は紺の着物を羽織る。すかさずマサコが同系色の帯を締めた。着流し姿が出来上がった。それはまるで、かつての東映ヤクザ映画の一シーンのようでもあった。

「帯のセンスがイマイチだが、まぁいいか」

裕次郎は仁王立ちした。

「素敵ですよ、旦那様」

マサコがうっとりとした口調で誉めた。

裕次郎はニヤリとした笑いを浮かべ、ベンツのトランクを開けた。中に顔を突っ込み、なにか探している。

「おーっ、あった、あった」

裕次郎がトランクから取り出したものを見て、中村とヒロシは固まった。それは白鞘《しらさや》の日本刀だった。

「まぁ、それ」

マサコが驚きの声を発した。

「マサコさんから結婚祝いにもらった、旦那の形見の長ドスだ」

裕次郎は右手で柄《つか》を、左手で鞘を持って静かに抜いた。日の光を受けて、刀身がギラリと輝いた。辺りに漂っていた空気が、刃の上に乗って二つに分かれたような気になる。白く柔らかそうで、上品な刀だった。地肌は小さな板の目のようだ。刃は樹木の年輪のような肌である。刃の中には肉眼でも一粒一粒確認できる、キラキラ光るごく小さな粒があった。誰もが一見して息を呑むような見事な刀だった。

「江戸初期の長刀ですよ。二尺六寸七分三厘て言ってましたから、約81センチ。二代国貞《くにさだ》が鍛えし大業物《おおわざもの》、ってのが主人の口癖でしたわ。なんでも大坂新刀の横綱、大坂正宗《まさむね》って呼ばれている名刀らしいんですよ」

「いい刀だ。大坂ってのだけが気に入らねぇけど」

裕次郎は切っ先を鯉口《こいくち》に載せ、鞘の内側に滑らせるようにゆっくりと納めた。誰もが、ふーっと息を吐いた。

彼らの前を、今度は防弾盾を持った一団が駆けていった。そのうちの何人かが一瞥したが、彼らの目にはヤクザ役の俳優にしか映らなかったようだ。裕次郎の端正な顔立ちは、たしかに役者と見紛うほどだった。

「問題は中の様子がわからねぇってことだ」

裕次郎は思案顔で唸った。ふとヒロシと目が合った。その瞬間、裕次郎は閃いた。

「おう、ヒロシ。お前の特技を忘れてたぜ」

「えっ。なんのことっすか」

裕次郎の目が光った。

「決まってるだろう。幽体離脱だよ」

「へっ」

ヒロシの目がドングリの形になった。

「幽体離脱さえすれば、どんなに厚い壁もドアも関係ねぇ。すり抜けりゃいいだけだ。それに相手には見えねえんだし、銃で撃たれたって屁のカッパ。つまりお前は、史上最高の偵察要員てわけだ。よし、ちょっくら見てこい」

「えーっ」

「お前、俺の言うことときけねぇっていうのか」

「いぇ。そんなことないっす」

「だろう。黒いカラスも俺が白いって言えば」

「し、白いっす」

「そうだ。それでいい。よし、どこをドツけばいいんだっけ」

ヒロシは覚悟を決めて、回れ右をした。

「えーっと、後頭部の、たしかこの辺りっす」

ヒロシが指先で指し示したのは、つむじの右側だった。

「よし、叩くぞ」

「痛くしないで」

言いおわらぬうちに、裕次郎の拳骨はピンポイント攻撃をくらわせた。

「あふぃーっ」

意味不明の言葉を残し、ヒロシの体はヘナヘナと崩れ落ちる。それを慌てて中村が抱きかかえた。

ヒロシの幽体はスーッと上空に浮かび、警戒する警察官らの頭上を飛び越え、局舎の壁を通り抜けた。目の前には二台の大型中継車があった。他局が中継車を繰り出す中、こうして動けずにいるのは皮肉な話だった。

中継車を飛び越えて、ヒロシはさらに前の壁を通り抜けた。そこは一見、家具屋の倉庫を想像させた。テーブルやソファーが雑多に積み重ねられている。よく見るとスタジオセットが、おしくら饅頭《まんじゅう》のごとく重なりあっていた。テレビで見かけるクイズ番組の解答者席もあった。暗がりに人影が見えて、一瞬ヒロシは驚いた。だが近づいてみるとそれは、クイズ番組の司会者をデフォルメした等身大の人形だった。ヒロシはそこが大道具室だと理解した。

運ぶのが大変な大道具がここに置いてあるということは、スタジオは遠くないはずだ。珍しくヒロシは頭を働かせた。どうやら幽体になると余分なものを置いてこられるらしく、その分頭脳に迷いはなくなるらしかった。ヒロシは壁に貼ってある社内案内図に目を向けた。大きなスタジオはこの階に二つ。後は上の階にあった。とりあえず隣に向かってみることにした。

次の壁を通り抜けた瞬間、ヒロシは空中に立ち止まった。そここそが目指すテレビスタジオと思われた。自分の頭上には照明用のライトが何列も吊るされていた。もっともライトは灯っていない。自分の下には三角形の足をしたテレビカメラが何台か置かれていた。テレビカメラの間にはモニターテレビも置かれている。その辺りから黒くて太いケーブルが蛇のようにのたうって延びていた。

その先の床に人質がいた。男たちが何人か縛られて床に転がっている。ガードマンの服装をした男が、監視するようにピストルを持って傍に立っていた。警察官が身につけているニューナンブだ。なるほど、ガードマンに化けたのかと、幽体のヒロシは考えた。

スタジオの入り口を探す。分厚いドアが見えた。防音のためだろうが、銃弾さえ通さないほどの重厚さがあった。鍵《かぎ》も掛けられている。

ヒロシは空中を進んで、ガードマンの服装をした男の傍に行った。男は気がつかなかった。やはり自分の姿は見えていないのだと、ヒロシは確認した。

その先にパステルカラーのスタジオセットがあった。いた、と思った。長方形のテーブルと長ソファー、さらに一人掛けの椅子が二脚ある。その長ソファーに恭子は、もう一人の女性と一緒に寄り掛かっていた。手足はロープで縛られている。

「姉さん」

思わずヒロシは叫んだ。もちろん言葉としては伝わらない。しかし想念のようなものがたしかに飛んだ。恭子は誰かに呼ばれたような気がして目線を上げた。だが当然なにも見えるはずがなかった。

一人掛けの椅子の一つには、キャスターの津久田哲也が手錠をかけられ、足を縛られて座っていた。ぐったりとしている。おそらく抵抗したのであろう。頬骨には青痣《あおあざ》ができていた。

そしてもう一つの椅子に座っているのが、テロリストのリーダーのようだった。グリーンベレーのような恰好をした男だ。肩幅は広く、がっしりとした体格。髪の毛は短く刈り上げていて、色黒で精悍《せいかん》な顔つきをしている。歳はまだ若く、三十そこそこだろう。口許に刻まれた深い縦皺が、意志の強さを物語っているようだった。

男はヒロシの知らぬ自動小銃を抱えていた。男はおもむろに立ち上がった。

「遅い。まったく日本政府の対応は、聞きしにまさる体たらくだな。危機管理室ができって、何一つ変わってないじゃないか。なぁ、津久田さん」

津久田はゆっくりと顔を上げた。

「よせ。もういいじゃないか。君の言いたいことはわかった。しかしな、何度も言っているように、テロリズムは何も生み出さないぞ」

きっぱりと言い切った津久田に、男の冷笑が浴びせられた。

「なんだ、まだわかってないのか。あんたもう少し話のわかる人だと思ったけどな」

言いおわるや、男は銃床で殴る仕種をした。津久田は目を閉じ、歯を食いしばった。

殴られる。そう思った瞬間、ヒロシの視界の中で、急に何かが動いた。スタジオの一番奥に転がっていた男が中腰になって、ドアに向かって走ったのだ。すかさず銃弾の音と悲鳴が耳をつんざいた。音が止んだ時には、見習いスタッフとしか思えない軍手をはめた若い男が、血まみれで呻いていた。

「テレビ局にはもっと利口な人間ばかりいると思ってたが、やはり馬鹿もいるもんだ。みんな見ろ。逃げようなんて考えることは愚かなことだとわかっただろう」

リーダー格の男の高笑いがこだました。ヒロシは背筋が寒くなって、慌ててスタジオの中を飛んだ。

「なんてこった」

だが逃げるわけにはいかなかった。目を皿のようにして敵を探す。この中には二人しかいなかった。ヒロシは目線を上げた。斜め上にガラス窓が見えている。ヒロシはそちらへ飛んだ。ガラスをすり抜けると、眼下によくわからない機械が並んでいた。おそらく副調整室という部屋なのだろう。くもりガラスに反対に映っている文字は、Bサブと読めた。

そこで一人見つけた。やはりグリーンベレー風の恰好をした髭面の中年男が、自動小銃を構えて立っていた。男の鋭い視線はドアの外に向けられている。

さらに副調整室の奥にもう一人いた。真っ赤なトレーナーを着て、ジーンズにスニーカー姿。まだ二十代としか見えない、細めのサングラスをかけた色白の若い男だ。放送局では普通に見かける恰好だ。おそらく業界人にまぎれてもぐり込んだのであろう。男はニューナンブを手にして、テレビモニターの画面を眺めている。その先には、男たちが数人縛られて転がっていた。

「えらいこっちゃ、えらいこっちゃ」

ヒロシは副調整室の壁から廊下に抜けた。廊下の先には人影があった。右の給湯室の陰に数人。清掃員の恰好をしているが、おそらく裕次郎が言ってたSATの連中だろう。清掃員にしては目付きが鋭すぎる。ヒロシは左に飛んだ。そこにも銃を手にした男が二人いた。こちらはレンジャー部隊のような制服を着ている。一人は防弾盾を横に置いていた。

「早く知らせなきゃ」

ヒロシは自分の体に戻るため宙を飛んだ。あっという間に外に抜け出る。眼下にベンツと裕次郎たちが見えた。その中に一人見知らぬ男がいた。角刈りにした長身の男だ。男は信じられぬことに、小さな美咲に抱かれて気持ち良さそうに目を閉じている。ヒロシは思わず声を上げそうになった。その男の顔を思い出したのだ。その男は裕次郎の家の仏間に飾られている写真の男だった。男はヒロシの幽体に気づいたのか、いきなり目を開けウィンクをした。だがヒロシが驚いている間もなく、体が強い力で引っ張られた。おそらく幽体離脱のタイムリミットなのだろうとヒロシは思った。体が凄い勢いで吸いよせられた。まるで掃除機のホースに吸われているようだった。その刹那《せつな》に声が響いた。オレニツイテコイ、と。さらに体が重くなっていった。ヒロシは気を失った。

中村は抱いていたヒロシの体がピクリと動いたのに気づいた。

「裕ちゃん。ヒロシ君が動いた」

「おーし、帰ってきたか」

裕次郎はヒロシの頬を軽く張った。

「起きろ、ヒロシ」

「ううーん」

ヒロシはゆっくりと目を開けた。

「体の調子はどうだ。どこも痛くねぇか」

裕次郎はヒロシの肩を揺さぶった。

「大丈夫っす」

ヒロシは自分の力で立った。

「よーし。中の様子を教えろ」

焦れったそうに裕次郎は急かした。

「へい」

ヒロシは見たまんまの様子を伝えた。籠城《ろうじょう》場所。人質。姉さんの様子。テロリスト。

銃器。そしてSAT。

「なるほど」

頷く裕次郎の姿に、ヒロシはまだなにか伝え忘れている気がした。

「あーっ」

「うわっ、いきなりなんだ。ビックリさせんな」

ヒロシは振り返って美咲を見た。美咲の胸には三毛猫が気持ち良さそうに抱かれたまま喉《のど》を鳴らしていた。

「こ、こ、この猫」

「猫がどうかしたか」

ヒロシは美咲の前に土下座した。いや正確に言えば、猫に対してだ。

「なにしてんの。ヒロシ君、もしかして幽体離脱のやりすぎでおかしくなったか」

中村が駆け寄り、ヒロシを立たせようとした。ヒロシはその手を振り払った。

「違うんすよ、中村さん。いいですか親分、いや社長。こ、この猫、姉さんのお父さんの生まれ変わりかなんかなんすよ」

「なに言ってんだ」

裕次郎は三毛猫を見た。どこといって変哲のない猫だった。

「さもなきゃ、とりついてるとか。オレ、見たんすよ。美咲ちゃんに抱っこされてる男の姿。間違いなく仏間の写真の人でした」

「なにぃ。ということは、お義父《とう》さん、なのか」

その呼びかけに、猫はミャーと答えた。裕次郎は後ずさった。

「そうっす。その猫が言ったんす。オレニツイテコイって」

「オレニツイテコイ。もしや、恭子の所に案内してくれるってことか」

ミャーオと猫は一声鳴いて頷くと、美咲の手から飛び出した。すっくと地面に立つと、猫は長い尻尾を左右に振った。

「まさか、そんな」

「ちょ、ちょっと待って。この猫、本当に龍さんなのかい」

マサコが駆け寄って猫の手を握った。猫は爪も立てずに、されるがままだった。

「龍さん。若頭の龍さん。うちの主人とは兄弟分だった龍さんなの」

猫は舌を伸ばして、マサコの手の甲を舐《な》めた。

「ああ」

マサコはたまらなくなって、猫を胸に抱きしめた。猫はくすぐったそうな顔をしてニャーと鳴いた。

「本当みてぇだぜ。こんなことがあんのかよ。くそー。よーし、こうなったら行くしかねぇぜ。ヒロシ、念のためだ。ピストルよこせ」

「えっ、持ってきてないっすよ」

「なにぃー」

瞬間的に裕次郎の顔は真っ赤になった。

「だって今回はいらないって言ったの社長っすよ。危ない所へは行かないからって」

「クソー。それでもお前タマヨケか」

罵声を浴びせる裕次郎の着物を、美咲が引っ張った。

「どうした、美咲」

見下ろす裕次郎に美咲は微笑んで、肩から下げた水色のクレージュのポシェットを開いた。中に入っていたのは黒光りする拳銃だった。

「なんでお前が」

裕次郎は悲鳴にも似た声を発した。

「これ、書斎の引き出しに入ってたの。東京に来る前の日に夢見てね。黒いおじちゃんが持っていけって言ったから」

裕次郎はポーチから銃を取り出した。ロシア製のマカロフだった。サハリンからの密輸ルートで入ってきたもので、総長が去年とある組織から御中元にもらって、傘下の組長連中に配ったものだ。旧ソ連の軍用銃トカレフの後継モデルで、世の中を騒がせたトカレフよりは小型で扱いやすく、殺傷能力も高い。裕次郎はこの銃が嫌いだった。美しさが感じられなかったからだ。かといって返すわけにもいかず、書斎の引き出しの奥にしまったままにしていた。だが今はそんなことを言っている場合ではない。恭子の命がかかっている。持っていけと教えた黒いおじちゃんとは、義父に違いない。

裕次郎は苦笑いを浮かべ、マカロフを晒の隙間に滑り込ませた。

「怒らないでね、パパ」

「怒らないさ。だからマサコさんや中村のお兄ちゃんの言うこときいて、いい子で待ってるんだぞ」

「うん」

「必ずママを連れて戻ってくるからな」

「約束だよ。指切りげんまんして」

裕次郎の小指と美咲の小指が絡み合う。裕次郎の胸に熱いものがこみ上げてきた。

「本当に行くの」

中村の目は潤んでいた。

「止めたって無駄だぜ」

裕次郎は息を吐いた。

「トミー。どんなふうに死ぬかでなく、どんなふうに生きるかが問題なんだ、って名言があってよ。結局俺にはこんなふうな生きかたしかできねぇんだ。へへっ、お前にも迷惑かけっぱなしだったたな」

「そんなこと」

猫がマサコの懐から飛び出した。猫は再び尻尾を振って催促している。

「よーし、行ってくるぜ」

裕次郎は日本刀の先を肩に乗せ、踵《きびす》を返した。その背中に美咲の声が飛んだ。

「ねぇ、パパって本物のヤクザなんだよね」

裕次郎の体がピクリと動き、止まった。

「美咲には知られたくなかった。ママとの約束だったからな。でも知られちまったらしょうがねぇや。そうだよ、パパはヤクザなんだ。ゴメンな、ヤクザで」

美咲は小さく首を横に振ると、澄んだ声で言った。

「いいよ、ヤクザでも。パパはパパだもん。あたしパパのこと大好き」

裕次郎は顔だけ振り返って、幸せそうに笑った。

「行くぜ、お義父さん」

猫はフギャーと鳴いて駆けだした。裕次郎はその後を追いかけた。

「パパー」

「親分」

「旦那様」

「裕ちゃん」

すべての優しさを後ろに残して、裕次郎は猫の後を追い、鬼神のごとく駆けていた。

しばらく走ると、猫は局舎の向かいの倉庫に飛び込んだ。

「違うんじゃねぇの、ここ」

裕次郎の呟きも耳に入らぬかのように、猫は堂々と進んでいく。行き止まりのドアの前で猫は振り返り、ニャーニャーと鳴いた。

「ハイハイ。ここを開けろって言ってるんでしょう、たぶん」

裕次郎は把手《とって》を捻ってドアを開けた。目の前には薄暗がりが広がっていた。

「なんだ、懐中電灯を持ってくるんだったな」

裕次郎の嘆きなど気にせず、猫はその薄暗がりに飛び込んで行った。

「ちょ、ちょっと待ってくれよ、お義父さん」

急いで裕次郎は後を追い、その先にあった階段を慎重に下りた。

「ねぇ、お義父さん。本当にこの道でいいんですかい」

薄暗がりとは言っても、まったく見えないわけではない。かなり先で、ミャーと返事がした。裕次郎は諦めて続いた。

すぐにドアにぶつかった。足元で猫が鳴いている。

「ハイハイ、わかりましたってば」

裕次郎は把手を捻った。目の前に家具やスタジオセットが並ぶ部屋があった。ヒロシが言ってた大道具室だと裕次郎は思った。その証拠に、目の前に等身大の人形があった。

「なんだ、怪しいな。抜け道みてぇなのがあるんだ」

裕次郎の呟きを聞いて、猫は満足げに首を縦に振った。裕次郎は壁の案内図を見た。この部屋を出れば廊下だった。そしてヒロシの話だと、その先にはSATの隊員がいる。裕次郎は迷うことなく廊下に飛び出した。足元を猫もすり抜けた。

目の前は明るくて、一瞬視界がぼやけた。だが柱の陰に男が二人いるのは確認できた。SATと思われるヘルメットと制服を身につけ、後ろの一人はトランシーバーで無線連絡をしていた。裕次郎は低い姿勢でコソコソと近づき、男の隣にしゃがんだ。

「ごめんなすって」

「うわっ」

男は驚いてトランシーバーを落とした。前に位置していた男が、慌てて振り返る。

「誰だ」

「怪しい者じゃねぇよ。人質の亭主だ」

裕次郎はその姿勢で頭を下げた。二人は突然の闖入《ちんにゅう》者に、ただ呆気にとられている。すぐに前の男が気を取り直して短機関銃を向けた。

「ちょっと待てよ。俺はほんまものの人質の亭主だ。女房の名は黒沢恭子。岩手産業大学の助教授だ。津久田哲也の特別番組にゲスト出演してて人質にされちまったんだよ。調べてくれればわかるから。なっ」

裕次郎は男たちの顔を代わる代わる見ながら説明した。後ろの男がトランシーバーでなにやら問い合わせている。裕次郎は仕方なく日本刀を床に下ろして、猫の丸い背中を撫でていた。

「該当者あり。本当のようです」

後ろの男は前の男に告げた。前の男は黙って頷いた。これで前の男のほうが上官だとわかった。

「だろう。俺はウソは嫌《きれ》ぇだからよ」

前の男は信じられないものでも見るような目付きで裕次郎を見た。

「一般人は立入禁止のはずだが」

「だから言ったろう、俺は関係者だって。人質の中に女房がいるんだからよ。それで女房がメールを送ってきたんだ。助けてってよ」

男は納得しなかった。

「しかし、ここは警察にまかせてもらわなければ困る」

裕次郎も言い返した。

「いいや。まかせてられねぇから出張ってきたんだ」

男の顔つきが変わった。明らかに不快の色を浮かべている。しかし裕次郎は構わず続けた。

「見ての通り、俺はヤクザだ。カタギの皆さんに迷惑をかけるわけにはいかねぇ。それに女房が助けてって言ってんだぜ。指くわえて見てられっかよ」

「しかし」

男も強気だった。

「中の様子もわからないのに来られては迷惑だ。ここは警察にまかせてくれ。あんたの奥さんはなんとしても救出するから」

「なにぃ」

　裕次郎はさらに言い返した。

「俺は中の様子がわかってんだ。さっきまた一人撃たれたぜ。放っとくと死ぬぞ。危機管理室だか本部だか知らねぇが、そんなとこの指示を待ってるうちに人が死ぬんだ。俺の話を聞け」

　裕次郎はヒロシが見てきた通りのことを伝えた。男たちはにわかには信じられないようだった。それも当然であろう。裕次郎は半ば諦めつつも、根気よく続けた。

「信じられなくても当然だろうが、世の中にはそういう能力を持つ奴もいるってことよ。だからとりあえず俺行くから、その閃光弾《せんこう》くれねぇか」

　裕次郎は後ろの男が持ち込んだ武器の一つに手を伸ばした。前の男が慌てて遮った。

「駄目だ。今閃光弾を使ったら、焦って乱射する危険性もある」

「あっ、そうだな。あんたの言う通りかもしれねぇ」

　裕次郎は納得した。

「それじゃあ、やはり肉弾戦か。なぁ、お義父さん」

　猫がミューと頷いた。男たちはそこで初めて猫の存在に気づいた。

「あんた名前は」

裕次郎は前の男に訊いた。男は答えなかった。

「そうか当然だよな。SATはトップシークレットだもんな」

平然と言い放つ裕次郎に、男たちは顔を見合わせた。裕次郎は以前耳にしたSATに関する情報を思い出していた。彼らは名前も所属も明かしてはならないのだ。名誉あるSATの隊員になった時点で、彼らは警察官の名簿から削除される。その人が今どこに所属しているのか、同じSATの隊員以外はまったくわからなくなるのだ。理由はただ一つ。彼ら個人をテロから守るためである。隊員は二十代の強靭《きょうじん》な体力を持った独身男性で、巨大な警視庁の中で、たった六十人しか選ばれない肉体エリートなのだ。

「でもあんた東北出身だろう。アクセントに東北訛《なま》りが残ってるぜ」

裕次郎の指摘にも男は黙ったままだった。

「行くか」

裕次郎は日本刀を担いで立ち上がった。座っていた猫も伸びをした。

「ちょっと待て。あんたおかしいんじゃないのか。あまりにも危険すぎる」

信じられないものでも見るように、男たちは裕次郎を眺めた。

裕次郎は素早く諸肌《もろはだ》を脱いだ。着流しの背が垂れて、男たちの目の前に見事な唐獅子牡丹の刺青が現れた。二人の隊員は息を呑んだ。

「俺は岩手の盛岡からやってきた、黒沢組直系不来方組初代組長、黒沢裕次郎ってんだ。以後お見知りおきを」

一歩前に出た裕次郎を、後ろの男が引き止めようとした。

「止めるな」

裕次郎は振り返って睨んだ。その気迫に、さしものSAT隊員も気圧《けお》された。向こう側の隊員たちも、こちらを窺っている。男の足元のトランシーバーは送信スイッチを入れたままだった。ここでの会話は、すべて警察関係者の耳に届いていた。

「行くぜ」

裕次郎は晒の懐からマカロフを抜き取り、中腰の姿勢で駆けた。左手には白鞘の日本刀を提げたままだ。その足元を猫が駆けて行く。猫は副調整室のドアの下に着くと、細くて長い尻尾を鞭のようにしならせノックした。

ドアノブを捻る音がした。SATの隊員たちは、それぞれ身を隠す。ほんの少しドアが開いて、自動小銃を構えた髭面の男が半身を覗かせた。その男の半身に向けて、裕次郎はマカロフの引金を引いた。乾いた音がして、銃弾はなんの躊躇《ためら》いも見せずに男の肩を貫いた。

「うぐーっ」

悲鳴を上げて男が転がり出る。自動小銃が肩から外れた。裕次郎は駆け寄り、白鞘のまま男の頭を殴りつけた。男は前のめりに倒れた。

それはあっという間の出来事だった。SATの隊員たちの中には体に震えがきた者もいた。裕次郎はさっき会話を交わした男に目配せし、倒れている男のことを託した。

副調整室の中はにわかに騒々しくなった。人質の上げる悲鳴や、なにを言っているのかわけのわからない叫びが、開いたドアから聞こえてくる。長時間による監禁で、精神に異常をきたした者もいるようだった。もちろん中の男とて異変に気づいたはずだ。急がねばと思った。

裕次郎はマカロフを再び晒に戻すと、右の手のひらに唾を吐いた。そしてその手で日本刀の柄をしっかり握ると、白鞘を抜いて後ろへ放り投げた。大坂正宗の異名を持つ二代国貞の大業物が、目の前で狂気を帯びた白い光を放っている。

猫が部屋へ飛び込んだ。裕次郎も後を追って飛び込み、大きめのディレクターチェアーの後ろに身を隠した。すぐに悲鳴が上がる。猫がもう一人の男の顔に飛びついたのだ。

「フギャー」

猫は渾身《こんしん》の力で男の顔に爪を立てた。サングラスがずり落ち、男は悲鳴を発しながら闇雲に銃を撃った。だがそれらは天井にいくつか間抜けな穴を作っただけだった。裕次郎は刀を横にして素早く近づいた。猫が顔から飛び下りる。すでに裕次郎は刀を上段に構えていた。引っかき傷だらけの男の目が見開かれる。男はその瞳に恐怖を浮かべた。裕次郎は構わず相手を正面から袈裟《けさ》斬《ぎ》りにした。

「うぎゃーっ」

男が血を噴き出しながら前のめりに倒れた。裕次郎は男の手から銃を奪うと、SATの隊員たちが近づいてきているであろう廊下へ放り投げた。

副調整室は人質が漏らした排泄《はいせつ》物と血の臭いで、吐き気を催すほどだった。裕次郎はこみ上げる胃液と戦いながら、人質の手を縛っていたロープを切った。人質は虚《うつ》ろな目をした者ばかりではなかった。中には気丈な男もいた。裕次郎はいかにも技術系の職人と見える中年男性に、仲間を連れて廊下へ逃げるよう指示を出した。中年男性は頷き、仲間を率いて動きだした。

その時、左下方から金属音がした。鉄製の階段を誰かが駆け上ってくる音だ。そこには下のスタジオと副調整室とを結ぶ階段がある。パン、パンと乾いた銃声がして、副調整室に二発打ち込まれた。人質は助け合いながら廊下に転げるように逃げた。裕次郎はマカロフを抜いて待ち伏せる。

目の前にガードマンの恰好をした男が現れた。右手にはニューナンブを持っている。男は裕次郎の姿に驚きの表情を浮かべた。慌てて銃弾を放つ。だが一瞬裕次郎のほうが速かった。裕次郎の銃弾は、男の太股を貫いた。

「ぐえっ」

衝撃で男は今上ってきたばかりの階段を、背中で下るはめになった。男の銃弾は裕次郎の頬に一文字傷をつけただけだった。

じわりと溢れた血が、左頬を垂れだした。裕次郎は舌の先を伸ばして舐めてみた。鉄の味がした。

「これで三人。あと一人だぜ、お義父さんよ」

裕次郎は足元の猫に話しかけた。猫は目を光らせて首を縦に振った。

「よし」

裕次郎はBスタジオへと続く階段に躍り出た。その瞬間、乾いた音が裕次郎の左肩を襲った。

「うぐっ」

衝撃で裕次郎は体をのけ反らせた。撃たれたのだ。激しい痛みが肩から頭にかけて走った。裕次郎は銃弾の飛んできた方向を睨んだ。そこには背中から落ちたはずの男が、階段に腹這いになっていた。

「くそーっ、やりやがったな」

裕次郎は階段を飛ぶように駆け下り、銃を持つ男の手に刀を振り下ろした。

「ぎゃー」

悲鳴とともに銃が飛んだ。銃には指が何本かついたままだった。返す刀で、裕次郎は男の肩に切っ先を突きたて、雄叫《おたけ》びを発した。

「恭子ぉ、迎えにきたぜー」

その声を目印にしたのか、スタジオの奥から銃弾が雨あられのように飛んできた。モニターカメラのブラウン管が激しく割れた。裕次郎は床を転がり、重くて頑丈そうなテレビカメラを盾にした。

陰から首を覗かせると、すぐ傍に人質の男たちが転がっていた。中には血まみれで呻いている者もいる。裕次郎は焦った。誰が見ても一刻を争う状態だ。

さらに奥のセットに視線を移す。裕次郎の目は、ソファーに座らされている恭子の姿を捕らえた。疲れの色は見えているものの、心配するようなケガは負っていないようだ。その隣で震えている女性にも見覚えがあった。売り出し中の人気女性アナウンサーだ。いつもの爽やかな笑顔は消え、恐怖に顔を引きつらせている。さらにその隣の椅子には、手錠をかけられた津久田哲也がいた。頭に自動小銃を突きつけられている。銃を突きつけているのが、ヒロシの報告にあったリーダー格の男だろう。

裕次郎は次の銃声が鳴り響く前に声を張り上げ、あえて陽気な口調で話しかけた。

「おーい、テロリスト。俺はただのヤクザだ。女房を返してくれねぇか」

相手の意外な出方に、リーダー格の男は不思議そうに首を傾げた。

「裕ちゃん。裕ちゃんなの」

恭子は顔を上げた。瞳にたちまち生気が蘇った。

「迎えにきたぞ。帰ろうぜ。明日はディズニーランドに行く予定だったよな」

場に似合わぬやりとりに、テロリストは戸惑いの色を見せた。

「何を言ってるんだ」

「だから、そこにいる俺の女房を返してくれねぇか。極端な話、女房さえ返してくれればいいからよ。後のことは俺知らねぇし」

「そんなぁ」

津久田と女性アナウンサーは同時に嘆いた。テロリストは、にわかに笑い声を上げた。

「おもしろい。ボクはヤクザは嫌いだが、ヤクザしか生きる道がない人を否定はしない。女房だけ助ければいいっていうエゴイズムが気に入ったな」

「ありがとよ。あんたらも大したもんだな。たった四人で、こんな所に乗り込んでよ。勝算なんてねぇだろうが」

「勝算？」

テロリストは再び笑い声を上げた。

「あるに決まってるだろう。だから身代金を要求したんだ。外は大騒ぎだろう。知らずにやってきたのか、地下鉄の事件を」

裕次郎は首を傾げた。

「地下鉄って、あれだろう。人身事故でストップしてるって」

「なにぃ。同志が有毒ガスをまいて、大混乱になっているはずだ」

「なってねぇよ。普通にストップしてるだけだったぜ」

「嘘だ」

「ははーん。あんたの同志とやらが動きだす前に、地下鉄が止まっちまってたってわけか。綿密に立てた計画も、都会のありふれた人身事故の前におじゃんか。予想外の事態だったろうが、失敗したみてぇだな。こうなりゃ孤立無援だぜ」

テロリストは青ざめた。慌てて携帯電話をかけたが、つながらない。

「クソーッ」

そのまま携帯電話を床に叩きつけた。割れた部品が四方に飛んだ。

「マニュアル通りにいかねぇのが人生だ。じゃあ、女房は返してもらうぜ」

「ダメだ。思うようにはさせない。こうなったら自爆覚悟だ。こちらは君の登場に、あまりにも多くの代償を払ってしまった」

テロリストの銃身は津久田から恭子に向きを変えた。

「待て。まったくせっかちだな。これだからテロリストは嫌《きれ》ぇだ」

「なにぃ、ヤクザに言われる筋合いはない」

テロリストは気色ばんだ。裕次郎は盾にしていたテレビカメラの陰から、ぬーっと全身を現した。肩からの血は止まってはいない。流れた血が床に点々と落ちる。

「いいか、一言だけ言っとくぜ。ヤクザは社会の必要悪で、テロリストはそうじゃねぇ。さらにヤクザは国を滅ぼさねぇが、テロリストは国を滅ぼす。以上のことにより、ヤクザのほうが偉い」

「馬鹿な」

男は冷たい笑いを浮かべ、自動小銃を裕次郎に向けた。

「それこそが認識違いだ。テロリストは国益を生む。日本だって戦争でもすれば、軍需景気に沸き立って、景気も回復するんだ。だいたい見ろよ、今の日本の現状。明日を担うはずの若者たちは、退廃的でその日暮らし。携帯電話でなんでも事が足り、ドラッグや性に溺れ、年寄りだって無気力だ。この国は、もう一度滅んだほうがいいとは思わんか。スクラップ＆ビルドだ」

　裕次郎は相手が言いおわらぬうちに叫んだ。

「戦争反対。悲劇は二度と繰り返してはならねぇ。たしかに俺も東京の街を眺めて、若者の無気力さには呆れたぜ。でもよ、みんながみんなそうではねぇはずだ。中にはこの国の未来を託せる奴だっているはずだぜ。違うかよ」

　テロリストは大声を上げて笑った。

「いやいや、ヤクザらしくない理想論を聞かせてもらったな。だがな、君などの頭では追いつかぬスピードで世界は動いている。いずれ北朝鮮との戦争になるだろう」

「そうはさせたくねぇ。戦争反対」

　裕次郎は再び叫んだ。自分の意思をはるかに超えた力が体内に湧いていた。

「思い出せ、あのシドニー・オリンピックを。開会式で統一旗を掲げて入場してきた韓国と北朝鮮の両国選手団は、一点の曇りもねぇ晴れがましい表情だった。そして彼らは最高の拍手で迎えられた。これがなにを意味するのか」

　テロリストは意外そうな表情を浮かべた。

「ほほぉ、そうきたか。ヤクザにしとくのはもったいないほどだな」

裕次郎はテロリストの皮肉など気にせず、なおも続けた。

「俺はヤクザだが、これでも経営者なんだ。だから不景気は正直痛《いて》ぇさ。マスコミは社会問題として取り上げちゃくれねぇが、ヤクザの自殺だって増えてるんだぜ。夜逃げだって日常茶飯事だ。だがよ、いくら不景気だって、軍需景気にだけは頼っちゃなんねぇ。それは日本人としての誇りを失うことだ。少なくとも俺はそう思うぜ」

「よし。よく言った」

声をかけたのは津久田だった。テロリストは津久田を睨み付けた。だが、今度ばかりは津久田も負けじと睨み返した。テロリストはその視線を再び裕次郎に向けた。

「御高説ありがたく拝聴いたしました。おかげで耳が痛くなりましたよ。もう聞きたくないね。タイム・アップだ」

テロリストは再び自動小銃を構えた。

「待て。銃でカタつけようなんてつまらねぇ奴だぜ。お前だってテロリストのはしくれだろうがよ。アフガニスタンとかフィリピンとかで戦闘訓練受けてねぇのか。格闘技とかのよ。それとも素手で戦うのは怖《こえ》ぇか」

裕次郎は挑発した。いわゆるタイマンの誘いだ。それしか方法がなかったからだ。

「一対一でやろうっていうのか。おもしろい。言っとくがボクは傭兵訓練を受けている。

素手で相手を殺すことだって習ったさ。それより君のほうこそ大丈夫なのか。流血しすぎじゃないのか。なんだか顔色が悪いぞ」

　裕次郎は日本刀を足元に置き、マカロフを放り投げると高らかに笑い声を上げた。それがテロリストの神経を逆撫でした。テロリストは自動小銃を椅子に立てかけ、両手の指を鳴らした。

「俺の体を気にしてくれるなんて、余裕じゃねぇか。よーし、やってみろ。たしかにケガはしているが、これはハンデだと思え。普段から血の気が多いんで、これでちょうどいいくれぇだ。気をつけろよ。手負いの唐獅子だからよ」

　ふらりと前に出てきた裕次郎に対して、テロリストはボクシングのファイティングポーズをとった。向かい合ってみると相手の大きさがわかる。裕次郎よりは一回り大きく、180センチは超えていた。

　テロリストは軽く左右にステップを踏む。裕次郎はノーガードのまま、さらに一歩前に出た。左、右、左と軽く繰り出されるジャブを、裕次郎は体を揺らしながらかわした。

「やるな」

　テロリストはさらに左右の連打を放ち、左のストレートと見せかけて、右フックをボディーにヒットさせた。確実な手応えがあった。やった、とテロリストは思った。だが、裕次郎の鍛え抜かれた腹筋は、そのまま鉄のガードの役目を果たした。裕次郎は至近距離にあったテロリストの顔に、ニヤリと笑い返した。テロリストは慌てて飛び下がり、距離を保った。右手が痺《しび》れている。テロリストは自分の拳が受けたダメージに驚いていた。

「くそー」

テロリストは重心をやや落とし、左右に動いた。いきなり左の回し蹴りが飛んだ。裕次郎は自由に動く右手でそれを防いだ。

「ボクシングの次はムエタイか。いろいろ習ってはいるようだ」

「うるさい」

頭に血が上ったテロリストは、やたらに左右のキックを繰り出した。だがそれは裕次郎の軽快なフットワークの前に、虚しく空を切るばかりだった。テロリストの息が上がってきた。そうと見抜いた裕次郎は、相手の動きが止まった一瞬の隙に躍り出て、顔面を殴りつけた。テロリストは後ろへ吹っ飛んだ。信じられない顔で、尻餅をついている。

「なんでぇ、もう終わりかよ」

挑発する裕次郎に、テロリストは冷静さを忘れた。立ち上がるや左右のパンチで猛ラッシュを見せ、間合い十分な所で後ろ回し蹴りを放った。今度も確実にヒットした。意表を突かれた裕次郎の体は、3メートルほど吹っ飛んだ。体から血と汗が弾け飛ぶ。しかし倒れなかった。

「今度はテコンドーときたか。次はなんだ。サンボかグレーシー柔術か」

口の減らない裕次郎に、テロリストはキレた。正面から裕次郎に摑みかかる。待ってましたとばかりに裕次郎はテロリストの襟を摑み、顔の正面に向かって頭突きした。鈍い音がして、テロリストはなよなよと崩れた。

裕次郎の額はざっくりと割れていた。額から流れだした血が筋になって目に入る。一瞬にして世界が赤くなった。だが、それ以上のダメージがテロリストには与えられた。鼻血が止まらない。おそらく鼻の骨は折れたことだろう。前歯もぐらついている。テロリストは痛みも忘れ、自分の顔を手の甲で拭った。手の甲はべったりと血だらけになった。

テロリストは初めて恐怖を感じていた。自分の目の前にいる男に対してだ。この男はいったい何者なんだと、あらためて思っていた。あれだけの傷を負い血を流し、さらには自分の攻撃にさえ耐え、今もこうして立っている。なぜ倒れないんだ。この男は不死身だとでもいうのか。テロリストの冷酷な頭脳は混乱しだしていた。

恐怖が我を忘れさせた。頭の中には自動小銃のことしか浮かばなくなっていた。テロリストは後ずさった。そして振り返るや、立てかけてある自動小銃に向かった。

「やべぇ」

テレビカメラの陰に飛び込む瞬間、銃声が連なった。裕次郎はその瞬間、自分をかばうかのように前に飛び出してきた物体を見た。猫だった。猫は銃弾を何発も浴び、泳ぐように空中に浮かんでいたかと思うと、ドサリと音を立てて落ちた。

「お義父さん」

裕次郎は飛び出し、ボロボロになった猫の塊を胸に抱いた。猫はすでに絶命していた。

「こぉんの野郎ぉぉぉ」

裕次郎の目から涙が溢れ、入りこむ血を押し流した。激しい怒りが湯気のように全身から立ちのぼった。こうなったら刺し違えてでも相手を倒すつもりだった。

裕次郎はテレビカメラの陰に猫を横たえると、かたわらの日本刀を握りしめ立ち上がった。左腕は血で真っ赤だ。腹に巻いた晒も、返り血と猫の血で真っ赤に染まっていた。

「てめぇだけは、許さねぇ」

憤る裕次郎に、テロリストは冷たい笑いを返した。

「それはこっちのセリフだ」

言うやテロリストは再び自動小銃を構えた。裕次郎は雄叫びを上げて突っ込んだ。

「うおーっ」

テロリストが引金を引こうとする。その場にいた人質の誰もが顔を伏せた。銃声がスタジオ内に轟《とどろ》く。

だが、その銃声は一発だけだった。人質たちが恐る恐る顔を上げて見ると、そこには裕次郎とテロリストが、案山子のようにつっ立っていた。人々はまるで時間が止まってしまったのかと錯覚した。

一瞬の静寂の後、人々はスローモーションのように崩れ落ちるテロリストの姿を見た。

「大丈夫かぁ」

階段の上から男の声がした。それと同時に激しい金属音を立てて、階段を駆け下りてくる男たちの姿が見えた。ＳＡＴの隊員たちだった。その中から一人の男が裕次郎に駆け寄った。

「無茶だよ、あんた」

裕次郎が言葉を交わした男だった。男は肩で裕次郎の体を支えた。

「きっと来てくれると思ってたぜ」

裕次郎の手から日本刀がすべり落ちた。もう握る力さえ残ってはいなかった。

「自己紹介してなかったからな。俺は長谷川《はせがわ》。青森の出身だ」

「青森か。やっぱりな。東北人は頼りになるぜ」

裕次郎の顔面は蒼白《そうはく》だった。出血の量は思った以上にひどかった。

「おい、もう喋るな。今すぐ病院に運ぶからな。しっかりしろ」

裕次郎は笑い返したつもりだったが、目の前は静かに暗くなっていくばかりだった。長谷川の声が遠くに聞こえる。

「恭子。美咲」

裕次郎はかすかに呟いた。薄れゆく意識の中で、裕次郎はなぜか満開の桜の花を眺めていた。

エピローグ

東京の日差しは、もう初夏を思わせた。外堀の水はキラキラと蠢《うごめ》き、その上を中央線の快速列車の影が走って行く。ゴールデンウィークも最終日だが、桜の終わった外堀の土手に人影は少なかった。

その景色を見ることもできずに、裕次郎はベッドに寝かしつけられていた。見える景色は四角い窓で切り取られた東京の薄汚れた青空と、遠くに聳える高層ビルの先っぽだけである。

「あーあ、退屈だぜ」

三日前まで生死の境を彷徨《さまよ》っていた男とは思えない呟きだった。ちなみに五日前は賽《さい》の河原で石蹴りをして遊び、四日前は三途の川で泳いでいた。もっとも向こう岸に着いた途端に得意のゲインズターンを決めて、鮮やかに戻ってきたのである。あの世でも稀なケースだったろう。

ここは飯田橋《いいだばし》にある東京警察病院の特別室である。特別室と言っても、お金持ちが入る差額ベッドとは少々意味合いが違う。ここはいわゆる病気やケガをした被告や容疑者用の病室なのであった。

したがって二十四時間の付き添いは警察官である。担当時間ごとに警察官が入れ替わって、同じ病室内で監視しているのだから当然息も詰まる。もっとも贅沢《ぜいたく》を言えない立場だということはわかっていた。

「今年は桜を見ねぇでしまったな」

裕次郎には心残りが二つあった。一つは美咲をディズニーランドへ連れて行くことができなかったこと。そしてもう一つは、お花見ができなかったことだ。『花は桜木 人は武士』を座右の銘にする裕次郎にとって、花見は盆と正月に並ぶ一大行事だったのである。

「検温でーす」

弾けるような声がして、若い看護婦が入ってきた。監視の警察官は息抜きとばかりに、やれやれといった表情を浮かべて廊下へ出て行った。

「黒沢さーん、具合はどうですか」

「はい。股間以外は大丈夫です」

この若い担当看護婦との一時だけが、裕次郎にとっての心の支えだった。裕次郎は脈をとってくれている看護婦の尻に手を伸ばし、ソフトタッチした。看護婦はその手を叩いて言った。

「んもう。痴漢と一緒じゃないですか。東京都迷惑防止条例違反ですよ」

それでも裕次郎は怯《ひる》まなかった。

「関係ねぇ。俺、東京都民じゃねぇからよ」

「あー、知らないんだ。都民じゃなくても適用されるんだからぁ」

「えっ、そうなのか」

「まったくもう。今度触ったら先生に話して、太い注射打ってもらいますからね」

「だったらその前に、俺の太い注射打たせてくれぇ」

「やだーっ、セクハラー」

こうして裕次郎は世間から隔離され、本能のおもむくままの微罪を病室で積み重ねる日々を過ごしていた。

その頃、世間では信じられないほどのムーブメントが起きていた。裕次郎に対する減刑嘆願の動きだ。

事件当日生中継をした各局は、再現ドキュメントで事件を検証した。人質になった制作会社の社員の証言を交えて構成したＶＴＲの主人公は裕次郎だった。愛する妻を救うために単身乗り込んできたヤクザの亭主。その姿は浪花節《なにわぶし》に飢えていた日本人の心を捕らえて離さなかった。

事件現場となったテレビ赤坂でも、負けじと検証番組を放送した。こちらは人質になっていた者が多数いるため、極めて生々しい番組となった。その中でキャスター津久田哲也はこう言った。

「暴力には反対します。彼がとった行動も、決して肯定できるものではありません。だけど私は感動してしまった。その場にいた者は、みな同じ気持ちだったかもしれません」

その言葉が世論に拍車をかけた。

女性週刊誌は理想の男性像として特集を組み始め、さらには全国クラブ選手権での裕次郎の力泳ぶりの映像を入手したワイドショーがその映像を流したため、スポーツ界まで巻き込む騒動に発展した。

妻を愛するがゆえ助けに行った日本記録保持者を、このまま何年も刑務所に入れていいものか。温情で釈放して、次のオリンピックを目指させろという意見もあった。

さらに全国各地で裕次郎の減刑を求める署名運動が始まった。東京、大阪、名古屋、札幌、広島、福岡。全国にその輪は広まって行った。特にヤクザのメッカ広島では、名だたる組長たちが見習えとばかりに、若衆たちを街頭に立たせて手伝わせた。

そして地元、盛岡では。

恭子に美咲、マサコ。さらにヒロシと中村と道太郎が、今日も老舗デパートの前で、署名活動を行っていた。全国的なワイドショーネタとなっているため、人々の反応はすこぶる良かった。名簿がどんどん埋まっていく。その姿を追いかける写真週刊誌のカメラもテレビカメラも、彼らには気にならなかった。利用できるものはなんでも利用して、早く裕次郎に帰ってきてほしかったのだ。

時を同じくして、盛岡駅。

そこにも減刑の署名活動をする二人の熟年男女の姿があった。女は裕次郎の母である志摩子。そしてもう一人。坊主頭をこれ以上ないくらいに下げている僧衣の男は、かつて勘当を言い渡したはずの父の了道《りょうどう》であった。

解説——この本を読んで幸せな気分にひたろう!

文芸評論家　西《にし》上《がみ》心《しん》太《た》

〈泣ける小説〉にうんざりしているあなた。健全な青少年たちの爽《さわ》やかな汗が香るスポーツ小説に少し食傷気味のあなた。小説ならではの〈ありえねえ〉設定の物語を待ち焦《こ》がれているあなた。みんなと同じ流行を追うのは気が進まない、自分独自の読書スタイルを持っているあなた。そんなあなたにお勧めしたいのが、極道スポーツ小説という独自のジャンルを切り開いた本書である。

作家の高橋克彦氏は本書の親本の帯にこんな言葉を寄せている。

「よくこんなバカな話を思いつくものだ。小説の面白さってこういうものだよな」

いやほんと本書の魅力はこの言葉に尽くされている。そしてこの〈バカな話〉はこんな見事な文章から始まるのだ。

「照明が半分落とされた薄暗いプールに、白い軌跡《きせき》ができていた。軌跡を作りだしているものは、踊るように水を駆ける唐獅子《からじし》だ。いや、よく見るとそれは男の背に刻まれた刺青《いれずみ》であることに気づく。唐獅子のまわりには二輪の真っ赤な牡丹《ぼたん》の花」

なんともはや鮮やかな導入部ではないか。冒頭の名文といえば、終戦後間もなく江戸川乱歩が読んで大絶賛したウィリアム・アイリッシュの『幻の女』をまず思い起こす。

「夜は若く彼も若かった。が、夜の空気は甘いのに彼の心は苦かった」（清水俊二訳）

こうして比べても、いまやサスペンス小説の古典である『幻の女』に遜色《そんしょく》ない名文といえるのではないだろうか。この冒頭で心をわしづかみにされた読者は、徹底した虚構の世界に引きずり込まれていくのである。

黒沢裕次郎《くろさわゆうじろう》は二十八歳という若さで、盛岡市に一家を構えるヤクザである。表の顔は風俗店や飲食店を経営する有限会社不来方《こずかた》レジャー産業社長、そして裏の顔が黒沢組直系不来方組初代組長なのだ。裕次郎は高校時代「みちのくのトビウオ」と呼ばれるほどの優れたスイマーで、オリンピック選手も夢でない逸材《いつざい》だった。だがある事件がきっかけで、裕次郎は水泳から離れてしまう。やがて東北一帯を牛耳《ぎゅうじ》る大親分、黒沢組総長黒沢市太郎の孫娘を助けたことが縁となり、黒沢組に入り頭角を顕《あらわ》し出す。後に裕次郎は孫娘である恭子《きょうこ》と結婚し、五歳になる一人娘の美咲《みさき》をもうけ幸せな家庭も築き上げた。

裕次郎の日課は、中学時代からの親友で、水泳部仲間だった中村富夫《とみお》の父親が経営する、夕顔瀬《ゆうがおせ》スイミングクラブのプールで泳ぐことだった。もちろん刺青を見られることのないよう、泳ぐのは営業時間外に限られていたが。

ある日、裕次郎は中村富夫から、クラブ対抗水泳大会の四百メートル自由形リレーに出場して欲しいと頼まれる。夕顔瀬スイミングクラブは地元では老舗《しにせ》だが、全国展開する大手スポーツクラブの進出に危機感を抱いていた。特に問題となったのが、関西の広域暴力団熊坂《くまさか》組がバックに付いている、にこにこフィットネスクラブだった。にこにこフィットネスクラブこそ、東北をまとめている黒沢組の牙城《がじょう》を崩そうという、熊坂組の先兵だったのだ。黒沢組には東北に進出しようとした熊坂組と、激しい抗争を繰り広げた過去があった。金メダリストのイアン・ソープが使用したものと同じ、全身を覆う水着を着た裕次郎は、他の三人のメンバーとともに練習に励み、試合に挑むのだった……。

本書は酒にたとえればカクテルのような小説といえるだろう。ベースとなる酒にあたるものはもちろん水泳だが、そのほか果汁やリキュールにあたるさまざまな要素が、混ぜ合わされているのである。

裕次郎の仕事場で見せる怜悧《れいり》な顔と、家庭に戻り娘の美咲の前で見せるどこまでも優しいマイホームパパの顔。このギャップの面白さは新田たつおの人気漫画『静かなるドン』と通ずるものがあるのではないか。また作品全体を覆う良質の極道ファンタジーとしての面白さは、浅田次郎のプリズンホテルシリーズを想起させる。そして高橋克彦氏が「最後にはしっかりどでかい花火が打ち上がる」と絶賛した、暴走気味のクライマックスは、もろに敵の組に殴り込みをかける高倉健主演の東映ヤクザ映画を髣髴《ほうふつ》させるのだ。

だがベースとなる水泳シーンが実に魅力的に、かつ説得力たっぷりに描かれていることを忘れてはならないだろう。

「肘の位置は高く、入水した後は美しいS字ストロークを描いている。水の押し出しも完璧で、はね上げも少ない。なにより速さの秘密はショルダー・シフトである。前に伸ばした腕が肩からさらに前に行く感じの泳ぎなのだ」

という的確な表現で裕次郎の泳ぎが描写される。シロウトにもなんとなく裕次郎の泳ぎのすばらしさと美しさが分かるではないか。

また三人のメンバーにスタートとターンの見本を見せるシーンも出色。

「黒い矢が宙を飛んで行く。飛び出した瞬間は上下に不揃いだった両足が揃った。今や裕次郎の姿は、目の前でもがく子鹿に襲いかかる黒豹そのものと化していた」

「水中で回転し丸くなった体は、瞬時に向きを変え跳ね返った。跳ね返ったとしか表現しようがない。それはまさしく壁にぶつけた黒いボールが跳ね返ってくるようにしか見えなかったのだ」

さらに技術論とともに吐く精神論もカッコいい。

「前だけを意識しろ」

「前にあるのは夢であり希望だ。それをいち早く摑もうと泳ぐんだ。ガムシャラにな」

「人生において、たらとか、ればなんて言葉は禁句だ。自分を強く持て。たらとか、ればなんて言葉に頼ったら、男として負けだぜ。それにたとえ遠回りしたって元に戻れば、もう一度レースはやり直してかまわねぇんだ」

　どうです、痺《しび》れませんか。こんな痺れる小説を書いた作者はいったいどんな人なのか、という疑問が湧《わ》くのではないだろうか。本書の作者である菊池幸見は、岩手県遠野市生まれでIBC岩手放送に勤めるアナウンサーだ。それも人気番組をいくつも担当し、岩手県内では知らない人がいないというベテラン名物アナウンサーなのだ。インターネット博覧会いわて実行委員会と岩手県が主催した、楽網楽座インターネット博覧会黄金文化博で公募された「黄金短編小説賞」を『黄金熊の里』（早瀬幸彦《はやせゆきひこ》名義・「小説NON」二〇〇一年十二月号掲載）で受賞したのが、小説家としてのデビューだった。本書は初の長編作品にあたる。このほかにも、岩手ならではの逸話を集めた『岩手でございん』や、堪能《たんのう》な岩手弁による「方言詩の世界」というCDも出している才人なのだ。

　そうそう、忘れるところだったが、本書の中の季節は三月から四月にかけてだが、要所で挿入される季節感たっぷりの描写が実にいい。道ばたの薄汚れた残雪が消える喜びや、コートを手放して外出できる開放感など、北国の冬を経験したものだけが書けるリアルな描写がすばらしいのだ。このような点からも、地元を愛する作者の気持ちが伝わってくる。

どうやら作者には本書の続編を含む、小説のアイデアがまだまだあるらしい。アナウンサーの仕事も忙しいだろうが、別の作品が待ち遠しい。文庫化を機会に、より読者が増えることが、新作への尻押しになるに違いない。

メロドラマよりコメディを。
クソリアリズムより徹底した虚構《ファンタジー》を。
泣ける小説より笑える小説を。

これが合言葉。
さあ迷っているあなた、面白さ保証付きの本書をレジに持っていき、幸せな気分にひたろうではないか。

（この作品は、平成十五年九月、
小社から四六判で刊行されたものです）

泳げ、唐獅子牡丹

一〇〇字書評

切り取り線

購買動機（新聞、雑誌名を記入するか、あるいは○をつけてください）

□（　　　　　　　　　　）の広告を見て
□（　　　　　　　　　　）の書評を見て
□ 知人のすすめで　　□ タイトルに惹かれて
□ カバーがよかったから　　□ 内容が面白そうだから
□ 好きな作家だから　　□ 好きな分野の本だから

●最近、最も感銘を受けた作品名をお書きください

●あなたのお好きな作家名をお書きください

●その他、ご要望がありましたらお書きください

住所	〒				
氏名		職業		年齢	
Eメール	※携帯には配信できません		新刊情報等のメール配信を 希望する・しない		

あなたにお願い

この本の感想を、編集部までお寄せいただけたらありがたく存じます。今後の企画の参考にさせていただきます。Eメールでも結構です。

いただいた「一〇〇字書評」は、新聞・雑誌等に紹介させていただくことがあります。その場合はお礼として特製図書カードを差し上げます。

前ページの原稿用紙に書評をお書きの上、切り取り、左記までお送り下さい。宛先の住所は不要です。

なお、ご記入いただいたお名前、ご住所等は、書評紹介の事前了解、謝礼のお届けのためだけに利用し、そのほかの目的のために利用することはありません。またそのデータを六カ月を超えて保管することもありませんので、ご安心ください。

〒一〇一―八七〇一
祥伝社文庫編集長　加藤　淳
☎〇三（三二六五）二〇八〇
bunko@shodensha.co.jp

泳《およ》げ、唐獅子牡丹《からじしぼたん》　長編小説

平成20年6月20日　初版第1刷発行

著者　菊《きく》池《ち》幸《ゆき》見《み》

発行者　深澤健一

発行所　祥《しょう》伝《でん》社《しゃ》
東京都千代田区神田神保町3-6-5
九段尚学ビル　〒101-8701
☎03(3265)2081(販売部)
☎03(3265)2080(編集部)
☎03(3265)3622(業務部)

印刷所　堀内印刷

製本所　明泉堂

ISBN978-4-396-33430-7 C0193

祥伝社のホームページ・http://www.shodensha.co.jp/